JN428283

"자세하고
친절한 설명
감사합니다,
나래 님."

랑이는 10점 만점에
100점짜리 착지를
성공하고서는
가슴을 쓸어내렸다.

나는 다시 한번
한 발짝 앞으로 나섰고,
소희는 기겁해서
두 발짝 뒤로 물러났다.

"성린, 그런 말은
하면 안 돼요.
다른 사람에 대한
예의가 아니니까요."

나와 호랑이님 26

폭풍전야

제3부 나와·호랑이님 결(結) 7권

카넬 지음
영인 일러스트

목차

이어 가는 이야기

사람의 집중력이라는 건 그리 오래가지 않는다. 그렇기에 나는 잠깐 머리 좀 식힐 겸 슬쩍 화제를 돌렸다.

"아, 그러고 보니 궁금한 게 있는데……."

"랑이 님이 예전보다 어른스러워진 건 언령 때문이에요."

내 말이 끝나기도 채 소희는 그렇게 답했다.

할 말을 잃은 내가 애꿎은 펜만 빙글빙글 돌리고 있자니, 소희는 30분 전과 다르지 않은 꼿꼿한 자세로 말을 이었다.

"성훈 씨가 언령을 쓰는 데 익숙해진다는 건 정신과 마음이 성장하는 것과 같아요. 랑이 님은 성훈 씨와 마음이 이어져 있어 그 영향을 받는 거고요."

그렇게 말한 소희는 만족스러운 표정을 지으며 내게 되물었다.

"어때요? 이 정도면 충분한 대답이 되었을까요?"

그 모습이 마치 도도한 고양이가 고개를 들어 자신의 머리를 쓰다듬어 주라고 보채는 것 같았다.

고양이는 안 키워 봤지만 호랑이는 키우고 있으니, 그게 그거겠지.

다른 상황이라면 그런 소희가 그저 귀여워 보였겠지만, 지금은 조금 다르다.

“아, 그래. 고마워.”

왜냐면.

“그것도 궁금하긴 했어.”

소희의 예상이 틀렸으니까.

“……구, 궁금하긴 했다고요?”

“내가 물어보고 싶었던 건 다른 거였거든.”

“옛?”

아마도 소희는 안방에서 있었던 일 때문에 내가 입을 열자마자 ‘자신이 짐작하고 있던 일’에 대해 이야기해 준 것 같지만…….

“난 오늘 해야 할 일이 이게 다인지 궁금했어.”

죄송합니다.

랑이의 일도 궁금하긴 했지만, 저는 시야가 좁은 인간이라 눈앞의 일밖에 못 보거든요.

“으라차아앗~!”

그래서 나는 헛다리 짚은 게 부끄러워 살짝 볼을 붉히고 있는 소희에게 보란 듯이 쭈욱 기지개를 켠 뒤.

빙글, 소희 쪽을 향해 의자를 돌리고서 말했다.

"나는 한번에 한 가지 일밖에 못해."

어느 분들하고는 다르게 말이다.

뒤의 말은 입에 담지 않았지만, 소희에게는 그것만으로도 충분한 것 같았다.

"그건 저도 그래요, 성훈 씨."

봐! 우리 집에서 머리 좋기로 두 번째라면 서러운 녀석이 내게 기만질을 하잖아!

나는 항의의 뜻으로 눈에 힘을 주고 빤히 노려봤지만, 소희는 오히려 눈웃음을 지었다.

"저희는 단지 사고를 짧고 빠르게 전환해서 여러 가지 일을 순차적으로 처리하는 것뿐이에요. 그게 다른 분들이 보기에는 여러 가지 일을 동시에 진행하는 것처럼 보일 뿐이죠."

"……뭐가 다른 건데?"

소희가 부채를 꺼내 반쯤 펼치고서는 입술에 가볍게 대며 말했다.

"한 가지 일에 집중하면 다른 일이 눈에 들어오지 않는다는 점이요?"

소희는 한 가지 '일'이라고 했지만, 나는 그 안에 담긴 뜻을 눈치챌 수 있었다.

하긴, 이렇게 애정이 가득 담긴 뜨거운 시선을 받는데 눈치 못 채면 바보지.

그래서 나는 고개를 끄덕이며 말했다.

"그래서 헛다리를 잘 짚는구나."

"그, 그건 지금 상관없잖아요!"

목소리가 높아진 소희의 모습에 피식 웃음이 새어 나왔다.

아서라, 이 녀석아. 내가 세희 밑에서 반년을 굴렀는데, 그렇게 눈에 빤히 보이는 떡밥을 물겠냐.

내가 웃는 모습을 보고서야 자기를 놀리고 있단 사실을 눈치챈 소희가 팔짱을 끼고는 입술을 삐죽인 채 부채를 빠르게 펼쳤다 접었다.

하지만 그것도 잠시.

"흠! 흠!"

보란 듯이 헛기침을 한 소희가 말했다.

"조금 전의 질문에 대답해 드리자면, 제가 알기로 오늘 성훈 씨가 봐 주셔야 할 서류는 이게 전부예요."

"그래?"

다행이군. 슬슬 인내심이 한계였는데 말이야.

그런 내 생각이 표정에 드러났는지, 소희가 슬쩍 내게 한 걸음 다가와서는 말했다.

"신경 쓰이시나요?"

"그야 당연히 그렇지."

소희가 최대한 기쁜 기색을 드러내지 않으려고 노력하며 말했다.

"그러면 제가……."

"그래."

나는 고개를 끄덕이며 말을 이었다.

"아까부터 계속 서 있느라 힘들 텐데, 이젠 좀 앉아 있어. 아니면 의자라도 가져와 줄까?"

조금 전에 말했듯이.

소희는 내가 일을 시작할 때부터 내 옆에 계속해서 바른 자세로 서 있었다. 내가 의자를 가져오든가 바닥에 앉으라고 권했지만 자기는 이게 편하다고 하면서 한사코 거부했다.

물론 세상천지에 앉아 있는 것보다 서 있는 게 편한 사람은 없다.

그것도 두 손을 공손히 앞으로 모으고 바른 자세로 서 있는 거라면 더더욱.

내가 보기에는 평소 내 옆을 지키는 세희를 의식하고 이런 불편한 자세를 고집하고 있는 것 같지만…….

사실 세희라고 해서 내가 일을 끝낼 때까지 계속 정자세로 있는 건 아니다.

구름 의자에 앉아 팝콘을 씹으며 내가 업무를 보는 걸 구경하면서 '아~ 그거 그렇게 하는 거 아닌데~'라고 놀린다거나.

도대체 무슨 생각인지 책상 옆에 엉덩이를 걸쳐 앉고서는 스타킹을 신은 다리를 요염하게 꼰 채 발끝으로 내 턱을 들어 올리며 '모르는 게 있으면 선생님한테 물어봐도 됩니다. 물론 그 대가는 비쌀 테지만요.' 같은 말을 한다거나.

너무 조용히 있어서 불안한 마음에 뒤를 돌아보면 수면 안대를 차고 허공에 둥둥 뜬 채 한숨 자고 있다거나 하는 경우가 많으니까.

정말 많으니까!

거의 매일 일어나고 있으니까!

하지만 소희는 누군가와 달리 참으로 성실하게 내 옆에 정자세로 서 있기만 했다.

장장 30분 동안.

그런데 신경이 안 쓰이면 그게 사람인가.

"……그쪽인가요."

아, 물론 신경이 쓰이는 게 하나 더 있긴 하다. 그러니까 소희도 지금 시선을 방바닥으로 돌려 항의의 뜻을 표하는 거겠지.

"저 녀석이야……."

나는 말을 흐리며 일하는 동안 최대한 신경을 쓰지 않으려고 한 녀석을 보았다.

요괴의 왕에게 도전장을 내밀었다가 주먹 한 대 맞지 않고 백기를 든…….

틀린 말은 아니지?

어쨌든 온몸을 꽁꽁 묶어서 동해에 버려도 둥둥 떠오르는 입 때문에 살아남을 것 같은 에이가 지금 뭘 하고 있냐면.

"스으읍…… 후우우……."

자고 있다.

아주 잘 자고 있다.

제멋대로 장롱 안에 있는 베개를 꺼내서는 숙면을 취하고 계신다.

그나마 양심은 있는지 이불은 꺼내지 않았다.

그 양심이 바닥에 요를 까는 건 막지 못했지만.

그래! 정황상, 옷을 입은 채 이불까지 덮었다가는 너무 더울 것 같으니 요만 꺼냈다고 생각하는 게 맞겠지만!

그렇게 생각하면 도저히 평정심을 유지할 수 없을 것 같아서 스스로를 속이기로 했습니다!

이런 생각을 하는 시점에서 이미 틀린 것 같지만 말이죠!

하지만 참는다. 참아야 하는 것이다.

"……내가 한 말이 있으니까."

사내대장부는 한 입으로 두말하지 않는다고 하잖아?

"성훈 씨, 말과 표정의 괴리감이, 아, 죄송해요. 말과 표정이 동떨어져 있어요."

아무리 내가 공부를 못해도 괴리감 정도는 안다고 말하려고 했을 때.

소희는 스윽, 아무것도 아니라는 듯 책상 위에 'T' 모양의 작은 플라스틱 몽둥이 하나를 올려놓았다.

사랑의 매라는 글자가 새겨져 있는 몽둥이, 일명 톤파라고 불리는 무기를 말이야.

나는 톤파와 에이와 소희를 번갈아 바라본 뒤 말했다.

"……패라고?"

"설마요."

소희가 화들짝 놀라는 척을 하며 내게 말했다.

"요괴는 인간과는 그 태생이 달라, 천성이 흉포하고 제멋대로인 경우가 많죠."

"그거, 우리 집에서는 꽤 문제 될 수 있는 발언이다."

소희는 가볍게 내 딴죽을 무시하며 말을 이었다.

"하지만 공자가 말하길, 가르침이 있을 뿐 차별이란 없다(有教無類:유교무류) 했어요. 즉, 요괴 또한 제대로 된 교육을 통해 그 사이한 천성의 교화가 가능하다는 이야기죠. 예, 제대로 된 교육을 통해서요."

그쪽 세계로 넘어갔다가 거지가 되는 데 하루도 걸리지 않은 나와 비교하면 소희는 정말 대단한 것 같다.

벌써 공자의 가르침이 입에서 술술 나오다니.

뭐, 말과 행동의 괴리감이 커서 그다지 마음에 와닿지는 않지만.

소희는 그렇게 좋은 말을 입에 담으면서도 톤파를 슬쩍 내 쪽으로 밀었거든.

나는 톤파에서 시선을 떼고 소희를 올려다보았다.

차도폭행지계를 계획한 녀석은 시치미를 떼며 말을 이었다.

"보세요, 성훈 씨. 자신의 처지도 이해 못 하고 성훈 씨의 옆을 차지한 채 방만하게 지내는 저치의 모습을. 그렇다면 지금까지의 교육의 실효성에 대해 다시 생각해 보고 조금 더 강경한 방식을 선택할 필요가 있지 않겠어요? 이건 그때를 위해 제가 준비해 둔 교보재예요."

나는 소희의 이야기를 귀 기울여 들은 뒤, 톤파로 내 어깨를 툭툭 두드리며 말했다.

"결국 이걸로 저 녀석 좀 두들겨 패라는 거잖아."

"왜 그렇게 되죠? 저는 그저 조금 강압적인 훈육(訓育)을 추천할 뿐인데 말이에요."

물리력이 가미된 조금 강압적인 훈육. 저희는 그걸 폭력이라고 부르기로 약속했답니다.

소희야. 넌 도대체 그쪽에서 어떤 삶을 산 거니? 응? 내가 기억하는 아세희는 이렇게 폭력적인 아이가 아니었는데 말이야.

"마음에 안 드시나요?"

"들겠냐."

나는 손잡이가 손에 착 달라붙는 톤파로 목 뒤를 지그시 누르며 어떻게 하면 소희 안에 잠재된 폭력성을 고칠 수 있을까 잠시 고민해 보았다.

그게 가능할까?

세희를 보면 힘들 것 같은데?

결국 팥 심은 곳에는 팥이 나고, 세희의 유전자는 세희를 낳을 수밖에 없는 것인가?

"그러시군요."

결과적으로 따지면 그건 고민할 필요가 없는 일이었지만.

"그렇다면 저것을 교화시키는 다른 방법을 생각해 보시는 건 어떨까요? 분명 성훈 씨가 직접 손을 쓰시는 것보다 더 효율적인 방법이 있을 거예요."

소희가 진짜로 하고 싶은 말은 그 뒤에 나왔으니까.

"……하!"

나도 모르게 몸 깊은 곳에서 감탄 섞인 웃음이 튀어나왔다.

이 똑똑한 녀석.

톤파를 내려놓고 다시 고개를 돌려 올려다본 소희는 부채로 자신의 입가를 가리고선 눈웃음을 짓고 있었다.

이 정도까지 말해 줬으면 자기가 무슨 생각을 가지고 말을 했는지 알아서 눈치채라는 것처럼.

“그럴 필요가 있을까?”

하지만 그런 거 없다.

나는 단도직입적으로 물었고, 세희가 아닌 소희는 쉽게 그 이유를 말해 주었다.

“예, 시간이라는 것은 한정된 자원이니까요.”

봐라.

‘그걸 왜 저에게 물어보십니까?’ 같은 말보다는 쉽잖아?

거기다 마당에서 페이가 썼던 글도 있었기에, 그 정도의 힌트만으로도 소희가 무슨 말을 하고 싶었는지 알 수 있었다.

“하긴.”

그래서 나는 피식 웃고는 쓰다듬기 편한 위치에 있는 소희의 머리 위에 손을 올리며 말했다.

“좋아하는 사람을 3년 만에 만났는데, 그 녀석이 다른 놈 때문에 자기한테 신경을 안 써 주면 나 같아도 가벼운 투정 정도는 부리겠지.”

그 결과.

“흐, 흐아아?”

소희의 얼굴은 가을의 단풍보다 더 붉게 물들었다.

나는 그 귀여운 모습을 가까이서 보기 위해 내 허벅지 위를 소희에게 내어 주면서도 한편으로는 격렬하게 머리를 굴려 보았다.

"꺄?!"

분명 소희의 말은 일리가 있다.

내 시간은 한정되어 있고, 아이들과 함께할 시간 또한 그렇다. 이런저런 일이 벌어지지 않았을 때야 어떻게든 균형을 잡고 일상을 유지할 수 있었지만 지금은 다르다.

불과 몇 시간 전의 차이만 봐도 그렇지.

그래, 아이들과 함께할 시간이 줄어드는 건 정말 심각한 문제다.

그 결과로 무슨 일이 벌어질지 모른다는 점에서.

그런 의미에서 에이를 옆에 두고 하나하나 일일이 갈구, 크흠! 교육하는 것보다 더 좋은 방법을 찾는 건 나쁜 생각이 아니다.

문제는 내가 에이에게서 손을 뗄 경우 무슨 일이 일어날지 모른다는 거지.

혹시 모르잖아? 불의의 사고와 의도치 않은 실수, 누군가의 방관이 우연찮게 겹쳐서 에이가 염라대왕을 만나러 가게 될지?

그런 이유로.

"서, 성훈 씨?"

"응?"

나는 모기만 한, 하지만 너무나 조용한 내 방이기에 귀에

쏙쏙 들어오는 소희의 목소리에 상념을 깨고 고개를 돌렸다.

“어, 언제까지 하실 생각이세요?”

거기에는 소희의 머리를 쓰다듬어 주다가 자연스럽게 볼과 귀로 내려간 내 손이 있었다.

덤으로 목덜미까지 붉게 변한 소희도.

좋으면서도 부끄러워서 어쩔 줄 몰라 하는 소희의 모습을 보고 있자니, 내 마음속 깊은 곳에 잠들어 있던 장난기와 둔해 빠진 머리가 내놓은 얕은꾀가 입을 움직였다.

“평생?”

“흐아앗?”

사람이 한 입으로 두말할 수는 없는 법.

나는 이러지도 저러지도 못하는 소희를 양손으로 조물조물하며 다시 생각에…….

“이, 이 정도로 만족해 주세요! 아직 하셔야 할 일이 많이 남아 있으니까요!”

잠길 수는 없었다.

칫.

조금 더 쉬게 해 주고 싶었는데 말이야.

하지만 내 품을 벗어나려고 바동거리는 소희를 계속 안고 있을 수도 없는 일이다.

소희는 애가 아니니까.

첫 번째 이야기

"그럼 전 나래 님에게 가 볼게요."

"그래, 수고 많았어."

오늘의 업무가 끝난 뒤, 소희는 내가 결재한 서류를 나래에게 전하기 위해 밖으로 나갔다.

덕분에 방 안에는 나 혼자…….

"스으으으~ 푸흐으으~."

아니, 이제는 코까지 골고 자빠져 있는 에이와 단둘이 남게 되었다.

"흠……."

내 방을 마치 자기 방처럼 쓰고 있는 에이를 보고 있자니 조금 전에 소희가 한 말이 떠오른다.

반성하는 모습 없이 방만하게 지내는 에이의 모습을 보며 지금까지의 교육이 가진 실효성에 대해 고민해 보는 게 어떨까, 라는 말.

솔직히 내 입장에서는 그런 말을 듣기엔 조금 억울하다.

이 녀석이 우리 집에 온 지 겨우 하루가 지났을 뿐이니까.

놀랍게도, 하루다.

1년이 훌쩍 지난 것 같지만 단 하루밖에 안 된 것이다.

그 하루 동안 내가 에이에게 간섭한 건 손에 꼽을 정도밖에 없고, 그걸 제대로 된 교육이라고 했다가는 대한민국의 선생님들이 들고 일어서겠지.

하지만 에이가 나한테만 이런저런 갈굼…….

그래, 갈굼.

교육이니 훈계니 포장하지 않으면 갈굼이나 다름없는 일을 나한테만 당한 게 아니다.

에이는 세희의 무시무시한 살기를 정면으로 맞닥뜨렸고, 나래한테는 벽이 무너져 내릴 정도로 심하게 혼났다.

나래가 나름대로 손대중은 했지만 말이야.

그 후에는 설거지하는 내내 훈계를 들었고, 겁도 없이 치이를 도발했다가 그대로 날아 차기에 맞고 기절했지.

……그런데 신기할 정도로 변한 게 없다.

이 정도면 계획을 조금 고치는 게 좋지 않을까 싶을 정도로.

단순히 에이에게 벌을 주는 거라면 지금도 충분하지만, 이 녀석을 사람답게 만드는 것 역시 내 목적 중 하나라는 게 문제다.

지금의 에이는 그저 자기만 아는 짐승 같은 녀석이나 마찬

가지니까.

그렇게 생각하니 이 녀석의 가장 큰 문제점이 무엇인지 조금은 알 것 같았다.

그렇다.

이 녀석이 지금 두 시간 넘게 낮잠을 즐기고 있다는 거다!

아무리 어젯밤을 감옥에서 보냈다 해도 이건 너무하잖아!

마음 같아서는 물이라도 끼얹고 싶지만, 안타깝게도 저 녀석 밑에 깔려 있는 건 내 요다. 세희한테 쓸데없이 빨랫감을 늘렸다고 혼나긴 싫으니, 가급적 신사적인 방식으로 깨울 수밖에.

"야, 일어나."

발가락으로 볼을 꾹꾹 누르는 정도면 충분히 신사적인 거 아니겠어?

"으으으~."

말랑말랑한 볼이 눌리는 것과 함께 에이가 앓는 소리를 내며 옆으로 돌아누웠다.

어쭈, 이 녀석 봐라? 아주 여기가 자기 집인 줄 알아요.

"인마, 일어나라니까?"

"으…… 뭐야아……."

이번에는 주저앉아 손가락으로 등을 쿡쿡 찌르니까 귀찮다는 듯이 손을 뒤로 돌려서 휘젓는다.

여름날에 귀찮은 모기를 쫓는 것 같은 손짓이었지만, 내 뺨은 모기처럼 날래지 못했다.

짝!

아프다.

누가 네 오른뺨을 때리면 왼뺨도 대라는 말도 있지만, 나는 그런 성인군자가 아니지.

"으…… 아야야야야얏!!"

그래서 나는 그 손을 잡아 간단하게 비틀었다.

나래에게 배운 호신술을 우리 집에서 쓰게 될 줄은 상상도 못 했는데 말이야.

"아파파파파파!! 아파아아아아!!"

팔 좀 살짝 꺾은 정도로 엄살은.

내가 중학생 때는 말이야! 몰래 나래의 등 뒤로 다가간 뒤 어깨를 잡았다가 팔꿈치로 명치를 맞고 다리가 걸려 넘어진 채 목덜미를 밟혔어도 숨넘어가는 소리 낸 게 다였어!

……사실 비명도 못 질렀던 거지만.

"아프다니까!!"

아, 잠깐 옛 추억을 떠올리느라 현실을 외면하고 말았군.

"잠은 다 깬 것 같네."

나는 그렇게 말하며 에이의 팔을 풀어 주었다.

하지만 에이는 감사의 말 한마디 없이 눈물이 찔끔 맺힌 눈으로 나를 원망스럽게 노려보며 보란 듯이 팔을 빙빙 돌렸다.

그래서 나도 지지 않고 손의 관절을 풀었다.

두드득, 두드득.

고된 업무로 경직되어 있던 뼈마디가 풀리는 시원한 소리가 방 안을 가득 채웠고, 에이는 팔 돌리는 걸 멈추고 내게서 한 발짝 뒤로 물러나며 말했다.

"뭐, 뭔데? 갑자기 왜 그래? 왜 갑자기 공포 분위기 조성하는데? 내가 뭘 잘못했다고?!"

나는 살짝 고개를 갸웃거렸다. 우연찮게 목에서 뚜둑 소리가 났고, 에이의 안색은 더욱 안 좋아졌다.

어쨌든 나는 순수한 의문을 담아 에이에게 말했다.

"너야말로 갑자기 뭔 소리냐? 내가 언제 너보고 뭐라고 했어?

에이가 눈을 부릅뜨고 나를 노려보며 외쳤다.

"그러면 내 팔은! 내 팔은 왜 꺾었어?! 잘 자고 있었는데!"

"그래, 잘 자고 있었지. 얼마나 잘 자고 있었는지, 잠결에 내 뺨을 칠 정도로."

"……응?"

나는 아무 말 없이 에이에게 맞았던 오른쪽 뺨을 손가락으로 가리켰다. 거울을 보지는 않았지만, 지금도 살짝 화끈거리는 게 분명 손자국이 남아 있을 거다.

최소한 왼쪽 뺨보다는 붉게 되어 있겠지.

"풉!"

내 모습을 본 에이가 침을 뿜었다.

나를 향해서.

"꺄하하핫! 뭐야! 개웃겨~! 뭐야, 그 꼴! 여자 꼬시다가 뺨 맞았어?"

그리고 박수까지 치며 미친 듯이 웃었다.

나는 아무 말 없이 손수건을 꺼내서 정성스럽게 얼굴을 닦으면서 다른 한 손으로는 에이를 가리켰다.

"어…… 나?"

나는 고개를 끄덕였다.

"내가 그랬어?"

나는 다시 한번 고개를 끄덕였다.

그제야 에이도 이대로 가다간 자신이 겨울 햇살에 잘 말린 흡혈귀가 될 거라는 사실을 깨닫고는 조심스럽게 입을 열었다.

"아하핫, 오빠야. 내가 방을 혼자 써 왔거든? 그래서 잠버릇이 그렇게 나쁜지 몰랐어. 아까 웃은 것도 일부러 그런 것도 아니고. 화 많이 난 건 아니지? 응? 왜 그런 말도 있잖아~♥"

나는 같잖게 애교를 떠는 에이에게 말했다.

"이에는 이, 눈에는 눈?"

휭~! 휭~!

허공에 있는 힘껏 팔을 휘두르니 바람 소리가 난다.

"왜 그 말이 지금 나오는데?!"

"왜겠냐."

"잠깐만, 오빠."

에이는 이대로 가다간 자신에게 뺨 맞고 침 맞는 미래밖에 없다 생각했는지, 반쯤 정색하고서는 말을 돌렸다.

"전에도 말했지만, 오빠 너무 좀생이처럼 구는 거 아냐? 꼰대 오빠가 아니라 쫌생 오빠라고 불러야 할…… 푸훕!"

그것도 오래 못 갔지만.

"꺄하하핫♥ 잠깐, 잠깐만. 너무 어울리잖아! 그래! 응! 좋았어! 앞으로 쫌생 오빠라고 불러 줄게. 어때, 쫌생 오빠♥ 내가 쫌생 오빠라고 불러 주니까 기분 좋지? 응? 숨기지 않아도……."

"그래, 그래. 기분 좋다. 기분이 너무 좋아서 온몸에 힘이 들어가네."

나는 쉴 새 없이 이어지는 에이의 말을 끊었다. 덤으로 눈을 가늘게 뜬 채 인자한 미소를 지어 주며 고개를 끄덕여 주는 것도 잊지 않았고.

그런 내 반응에서 무엇인가를 느꼈던 걸까. 에이의 안색이 조금씩 안 좋아졌고, 그러거나 말거나 나는 책상으로 돌아가 소희가 마련해 줬던 물건을 챙겼다.

조금 전에도 느꼈지만, 도대체 뭐로 만들었는지 몰라도 웅녀의 뼈 몽둥이만큼 쥐는 맛이 좋다. 손에 착 달라붙어서 떨어지지 않는 느낌이라고 할까. 이런 걸 그립감이 좋다고 하지?

"저, 저기, 잠깐, 쫌생 오빠?"

"응?"

"뭐, 뭘 참을 수 없다는 거야?"

"글쎄다?"

"그, 그러면 그건 뭐고?"

"네 눈에는 이게 뭐로 보이냐?"

여기서 어떻게 대답해야 이 무시무시한 물건이 자신과 관계가 없어질까 고민하는 게 내 눈에도 보인다.

"……안마봉?"

그래, 나름 노력했구나.

그리고 정당한 노력에는 정당한 대가가 있어야지.

"그럼 내 특제 안마봉 맛 좀 봐라, 이 자식아."

"꺄아아앗!!"

*　*　*

안타깝게도 물리력을 동반한 강압적인 교육은 내 취향이 아니라, 소희의 바람대로 에이가 전신 안마를 받는 일은 벌어지지 않았다.

그저 손목의 스냅을 이용해 발바닥을 힘껏 지압해 주는 정도로 끝냈거든.

하지만 에이의 등을 엉덩이로 깔고 앉아 발바닥 중앙을 안마봉으로 있는 힘껏 눌러 줬는데도 이 자식의 반항기는 사라지지 않았다.

흠, 이대로는 안 될 것 같은데.

우리 집에 온 뒤로 채 하루도 안 되는 시간 동안 과거의 나조차도 버티지 못할 일들을 겪은 에이다. 그런데도 지금까지 조금도 나아지는 모습을 보이고 있지 않으니, 생각을 달리할 수밖에 없잖아?

해야 할 일이 산더미인데, 에이 한 놈 때문에 언제까지 골치 아픈 건 사양이라고.

그렇기에 나는 정말 오랜만에 내 고집을 꺾을 수밖에 없었다.

절대로 소희와 페이의 의견 때문에 생각을 바꾼 게 아니다.

절대로.

……진짜다?

언제 다른 요괴 녀석이 내게 도전장을 들이밀지 모르고, 그 와중에도 요괴의 왕의 업무는 봐야 하고, 짬을 내서 언령과 격투술을 익히고, 아이들과 함께 놀면서, 에이의 재교육까지 해야 하는 나로서는 어쩔 수 없는 선택인 것이다.

시간을 조금이라도 더 효율적으로 써야 할 필요가 있으니까.

절대로 화가 풀린 게 아니야.

그래, 난 단순히 효율적인 방식을 선택한 거다.

그렇기에.

"얼음땡 말이느냐?"

"응."

나는 내가 말할 때 함부로 입을 열지 말라고 엄중히 경고한 에이를 데리고서, 안방에 모인 아이들에게 오늘은 얼음땡을 하며 놀자고 했다.

세 가지 이득을 한번에 챙길 수 있는 놀이를 말이야.

다만 한 가지 문제가 있었는데.

"……얼음땡이 무엇이느냐?"

지난 오천 년간 동굴 안에 틀어박혀서 숙면을 취하신 호랑이님께서는 얼음땡이라는 놀이를 해 보신 적도, 들어 보신 적도 없다는 점입니다.

무언가를 쉽게 설명하는 재주가 없는 나는 슬쩍 소파 쪽으로 시선을 돌렸다. 소파에 앉아 안경을 끼고서 노트북을 두드리며 곰의 일족의 업무와 내가 정리한 서류를 처리하시는 데 한창이신 나래 님을 향해서 말이야.

내 시선을 느낀 나래는 서류에서 눈을 떼고 안경을 접어 가슴골의 4차원 주머니에 집어넣고는 낮은 한숨을 쉬며 말했다.

"얼음땡은 한 명이 '술래'가 되고 다른 사람들은 도망치는 놀이야. 술래가 된 사람은 다른 사람을 잡아서 자신을 대신해 술래가 되도록 하거나 모든 사람을 '얼음'으로 만드는 게 목적이고. 도망치던 사람이 술래한테 잡히면 그 사람이 술래가 되지만, 그전에 얼음이라고 말하면 움직이지 못하는 대신 술래가 되는 건 피할 수 있어. 그리고 얼음이 아닌 사람이 얼음인 사람을 만지면서 땡이라고 말하면 다시 움직일 수 있게 되고. 그걸 막으려고 술래가 같은 자리에 계속 있는 건 반칙. 이제 알겠지?"

자세하고 친절한 설명 감사합니다, 나래 님.

"으, 으냐아?"

안타까운 건 당사자인 랑이가 밀려오는 지식의 파도를 받아들이지 못하고 휩쓸려 버린 것 같다는 거다.

그 모습을 본 나래는 피식 웃고는 눈동자가 빙글빙글 돌아가는 랑이에게 말했다.

"말은 이렇지만 직접 해 보면 간단해. 그렇지, 성훈아?"

설명은 내가 해 줬으니까 실전 교육은 알아서 하라는 거죠?

알겠습니다. 곰의 일족의 일로 바쁜 와중에 소희와 함께 세희의 빈자리까지 채우시느라 바쁘신 나래 님께 이 이상 의지하는 것도 못 할 일이라, 나는 슬쩍 고개를 끄덕였다.

"나래 말대로 직접 해 보면 별거 아니야. 거기다 재밌기도 하고."

"그러하느냐?"

재미있다는 말에 랑이의 꼬리가 흔들흔들 물결쳤지만 그것도 잠시.

"그런데 말이니라……."

내 눈치를 살피며 말을 흐린 랑이는 힐끗힐끗 내 뒤쪽을 보았다. 그런 랑이 대신 앞으로 나서서 입을 연 건, 불만이 가득한 얼굴로 팔짱을 끼고 있는 아야였다.

"크응, 저 못찔이도?"

못찔이는 못나고 찌질한 아이라고 해석하면 되겠지?

"그래."

그렇게 새로운 별명을 얻은 에이는 하고 싶은 말이 있는지 앞으로 나섰지만, 내가 그 머리를 한 손으로 잡아 아래로 꾹 누르자 입술만 툭 삐죽인 채 아무 말도 하지 않았다.

"아우우우, 전 별로 재하곤 같이 놀고 싶지 않은 거예요."

그렇다고 에이에게 반감을 가지고 있는 아이들의 마음을 돌릴 수 있는 건 아니지만.

[나도 그럼.]

페이가 이 세상에 둘도 없는 절친한 친우의 의견에 동의하며 글을 썼다.

[이런 추운 날에 야외 활동이라니, 믿을 수 없음.]

……그건 나도 좀 공감 가는 이유지만 말이다.

하지만 페이가 평하길 방구석 폐인이나 다름없는 내가 밖에서 놀자고 한 건 나름대로의 이유가 있기 때문이다.

"그게 뭔데, 아빠?"

조금 전만 해도 성의 누나 품에 안겨 있던 성린이 어느새 내 앞에 다가와서 두 팔을 번쩍 들고 있었다.

나는 성린의 바람대로 허리를 잡아 번쩍 들어 품에 안고서는 말했다.

"비밀."

"우……."

성린은 내 대답이 마음에 안 들었는지 앙탈을 부리듯 몸을 흔들며 내 어깨를 앙증맞은 두 손으로 툭툭…….

아니, 퍽퍽 두드렸다!

"아파! 성린아! 아빠 죽는다!"

성린 입장에서는 힘 조절을 한 거겠지만, 내 몸은 우리 집에서 가장 연약하다고!

"엄살이야, 아빠."

그렇게 말하면서도 성린은 두 손을 풀고 자기가 두드린 내 어깨를 안마해 주듯 주물주물 주물러 줬다.

이번에는 어깨가 딱 시원할 정도로만 힘을 줘서, 나는 편하게 아이들에게 말할 수 있었다.

"그래서 에이랑 같이 놀기는 싫다는 거야?"
"으음…… 그런 건 아니지만 말이니라……."
내 질문에 랑이는 두 손을 만지작거리며 대답했고.
"……애초에 왜 저 애랑 같이 놀자는 건가요?"
치이는 귀 위 머리카락을 파닥이며 내게 되물었고.
"크으응, 대체 무슨 생각인지는 모르겠지만, 마음에 안 들어. 거기다 재, 제대로 된 사과도 안 했잖아?"
아야는 직설적으로 내게 따졌으며.
[얼음땡 할 때 팀 킬 가능하면 인정.]
페이는 어떻게 하면 게임 내에서 상대방을 효과적으로 괴롭힐 수 있는지 아는 녀석다운 글을 썼다.
다들 어느 정도 예상했던 반응들이군.
"그래?"
그렇다면 내가 가진 가장 강한 패를 꺼낼 수밖에.
"그럼 어쩔 수 없지. 날 이기면 소원 하나 들어주려고……."
"하겠느니라."
"그러면 어쩔 수 없는 거예요."
"아빠, 무르기 없기."
[콜.]
예상은 했지만 너무 잘 먹히는군.
"……나도 같이 해도 될까, 성훈아?"
너무 잘 먹혀서 문제일 정도로.

* * *

안타깝게도 나래는 업무에서 손을 놓을 수 없다는 이유로 방에 남기로 했다. 성린은 그런 나래를 혼자 둘 수 없다는 이유로 옆에 있어 주겠다 했고, 바늘 가는 곳에 실 가듯 성의 누나도 안방에 있기로 했다.

……나름 안심했다는 건 비밀이다.

성의 누나와 성린은 때때로 상상치도 못한 일을 벌여 나를 놀라게 만드니까.

그렇게 참가 번호 1번 강성훈을 비롯해 랑이, 치이, 페이, 아야. 마지막으로 에이가 두툼하게 옷을 입고서 마당으로 나왔다.

나는 시키지도 않았는데 내 앞에 일렬로 서 있는 아이들에게 말했다.

"그러면 먼저 연습 게임부터 해 보자."

랑이가 얼음땡을 해 보는 건 이번이 처음이고, 나도 어느 정도 감을 되찾으려면 시간이 필요하니까.

그 전에 다시 한번 얼음땡의 규칙에 대해 간단히 말하려고 할 때.

아이들과 약간 떨어져 서 있던 에이가 번쩍 손을 드는 게 보였다.

아이들의 날카로운 시선이 에이를 향했지만, 나는 최대한의 관용을 베풀며 에이에게 말했다.

"왜, 궁금한 거 있냐?"

에이가 고개를 끄덕였다.

"내가 이겨도 들어주는 거지?"

주어는 빠졌지만 그게 무얼 뜻하는지 모를 정도로 눈치 없는 아이는 우리 집에 없다.

어찌 보면 당돌한 에이의 요구에 랑이가 꼬리털을 부풀렸고, 치이는 발을 풀었으며, 페이는 연기로 야구 배트를 만들어 허공에 휭휭 휘둘렀다.

"너, 혹시 개념이라는 거 없어? 이 띨박아?"

아야는 에이 주변에 여우불을 띄워 놓고 대놓고 따졌고.

하지만 에이는 그것들을 있는 힘껏 무시하려 애쓰며 내 대답을 기다렸다. 그 모습이 자신을 무시한 것처럼 보였는지, 아야는 꼬리털을 붉게 물들이며 외쳤다.

"아얏!"

비명을 말이야.

녀석, 힘도 안 줬는데 엄살은.

아야는 마른하늘에 날벼락 같은 꿀밤에 억울한 마음이 들었는지 머리를 두 손으로 부여잡고 나를 노려보았다. 나는 병 주고 약 주듯 머리를 쓰다듬어 주며 말했다.

"아무리 그래도 그런 나쁜 말은 하면 안 되지. 안 그래, 아야야?"

"크응, 그래도……."

"거기다."

나는 불만이 가득한 아야의 말을 일부러 끊었다.

"같은 편끼리 싸우면 어쩌려고 그래?"

순간 아이들은 한겨울에 차가운 물을 뒤집어쓰고 시베리아 한파에 뛰어든 것처럼 순식간에 얼어붙었다.

이해한다.

말 그대로 '씹어 먹어도 분이 풀리지 않을 것 같은 녀석'과 같은 편이 되라고 하면 나라도 그럴 테니까.

나는 아이들이 조용해진 틈에 지금부터 할 얼음땡의 자잘한 규칙에 대해 이야기하려 했지만.

"잠깐잠깐잠깐잠깐잠깐잠깐!"

그 전에 에이가 가장 먼저 정신을 차리고서는 내게 삿대질을 하며 말했다.

"쫌생 오빠, 지금 무슨 말을 하는지 알고 있어? 응? 혹시 이상한 거 먹고 머리 이상해진 거 아야야야야야얏!!"

나는 그 손가락을 잡아서 잠시 유연성을 실험해 보았고.

어린 녀석이 왜 이렇게 유연성이 없어?

100도도 안 꺾이잖아?

"아파파파팟!! 잘못했으니까!! 미안하니까, 오빠!!"

"뭘 잘못했는데?"

"몰라!"

"자랑이다, 이 자식아."

마음 같아서는 이 예의범절 없는 녀석의 손가락과 손등의 만남을 주선해 주고 싶었지만, 안타깝게도 아이들 앞이라서

포기했다.
나는 에이의 손가락을 놓고서 복잡한 표정을 짓고 있는 아이들에게 말했다.
"하고 싶은 말 있으면 눈치 보지 말고 말해."
조금이라도 편하게 말문을 틔워 주려는 내 배려에 가장 먼저 답한 건 아야였다.
"우리가 왜 아빠 눈치를 보는데? 아빠가 우리 눈치를 봐야지!"
자식 키워 봤자 소용없다더니.
물론 제가 키운 적은 없습니다만.
그나마 이 중에서 가장 내가 많은 것을 알려 준 것 같은 랑이가 말했다.
"잘은 모르겠지만, 성훈이가 하는 일이니 분명 무슨 생각이 있어서 그런 것 아니겠느냐? 그렇다면 나는 에이와 같은 편이어도 괜찮으니라."
역시 우리 랑이다! 나는 사랑과 애정을 가득 담아서 랑이를 품에 안아 둥개둥개 해 준 뒤 내려 주었고, 그 모습을 물끄러미 보던 치이가 말했다.
"방금 전에 꼬리털 부풀렸던 건 대체 뭐였는지 모르겠는 거예요."
[이젠 호랑이가 내숭도 부릴 줄 알게 됨.]
그 말과 글이 눈과 귀에 들어갔는지, 랑이가 두 뺨을 붉게 물들이고 꼬리를 부풀리며 외쳤다.

"그, 그런 게 아니니라! 그건 조금, 그, 그래! 날이 추워서! 날이 추워서 털이 부풀어 오른 것뿐이니라!"

그 모습을 보며 아야가 팔짱을 낀 채 살짝 눈을 흘기며 말했다.

"크응, 이젠 더 이상 밥보라고 놀릴 수도 없겠어. 이 여우야."

"응? 여우는 아야, 네가 아니느냐? 나는 호랑이니라."

"……일부러 그러는 거지?"

아야는 깊은 한숨을 내쉬고서는 머리 위로 물음표가 둥둥 떠다니는 랑이를 완전히 무시하고 내게 말했다.

"그래서 또 무슨 꿍꿍이인데, 이 잔머리야?"

무슨 생각이긴.

북풍과 태양이라는 이솝 우화처럼, 바람으로는 실패했으니까 이번에는 따듯한 햇빛을…….

흡혈귀에게 햇빛이 좋은 건지 모르겠지만.

어쨌든 방침을 조금 바꿔 봤을 뿐이다.

에이를 교육하면서 랑이와 아이들과 놀아 주고, 나 자신도 단련하는 일석삼조를 노리고서.

"좋은 생각."

알려 줄 생각은 없지만.

"……뭐야, 그게."

내 대답이 불만스러웠는지 아야는 입술을 삐죽 내밀었지만, 더 이상 아무 말도 하지 않았다.

내가 좋은 생각이라고 했으니, 일단 지켜보기로 마음먹은 것 같다.

나는 내 사정을 이해해 준 기특한 아야의 머리를 쓰다듬어 주며 아이들에게 말했다.

"그럼 규칙에 대해 간단하게 설명해 줄게. 원래 얼음땡에서는 술래한테 잡히는 사람이 술래를 하지만, 이번에는 10분 동안 내가 계속 술래를 할 거야. 대신 술래한테 잡혔을 때는 술래가 되는 게 아니라 얼음이 되기로 하자. 노는 장소는 마당으로만 하고, 나는 한자리에 너무 오래 있으면 반칙이다."

나는 고개를 끄덕이는 아이들을 보며 말을 이었다.

"내가 계속 술래를 하는 거니까, 너희들을 모두 잡거나 한 명이라도 얼음이 된 채로 끝나면 내 승리. 너희들이 모두 살아남은 채 끝나면 내 패배로 하자. 어때? 꽤 간단하지?"

평범한 얼음땡이었다면 술래한테 너무나 유리한 조건이었다. 어떻게든 한 명을 잡거나 얼음 상태로 만든 뒤에 주변에서 지키기만 해도 이길 수 있으니까.

하지만 잊지 말아야 한다. 우리 집 아이들이 평범하지 않다는 것을.

그렇기에 이 얼음땡은 나한테 너무나 불리하다.

랑이도 그렇게 생각한 것 같다.

"그래서는 성훈이가 너무 불리하지 않…… 읍?"

아야와 페이가 누가 먼저라고 할 것 없이 눈을 빛내며 랑이의 입을 막았고, 치이는 그 모습을 보며 낮은 한숨을 쉬고는 고개를 절레절레 저었다.

그렇다고 말리지는 않았지만.

나는 그 모습에 피식 웃음을 터트리고는 아직까지 손가락을 까닥거리고 있는 에이를 턱짓으로 가리키며 말했다.

"그렇지? 그러니까 에이랑 같은 편이 되는 게 너희들의 핸디캡이야."

"핸디캡……."

아야는 뭔가 떠오른 게 있는지 곰곰이 생각에 잠겼고, 그 모습을 바라보던 치이는 슬쩍 페이의 옷을 잡아 자기 쪽으로 끌고서 귓속말로 물어보았다.

"……핸디캡이 무슨 뜻인 건가요?"

공부는 잘하지만 영어에는 약했구나, 치이야.

페이는 치이의 질문에 누군가가 생각날 것 같은 미소를 히죽 짓고는 글을 썼다.

[핸디캡은 페널티 같은 거임.]

몰래 물어본 의미가 사라지자 치이가 진지한 표정으로 페이의 두 어깨를 잡고 무릎을 살짝 들어 올렸다.

"……농담하지 말고 제대로 알려 주는 거예요."

자신의 대답에 따라 저 무릎이 자신의 명치로 향할 수도 있다는 사실을 깨달은 페이가 양 갈래 머리카락을 빙빙 돌리며 급하게 글을 썼다.

[봐주는 거임! 봐주는 거!]

그 글을 읽은 치이의 눈빛은 살짝 가라앉았다.

"제대로 설명해 주면 봐주는 거예요."

[아니, 진짜로 봐주는 거임!]

페이의 필사적인 설명이 이어졌지만, 치이의 눈매는 다시 예리해졌다.

이래서 평소 행실이 중요하다는 겁니다.

"성훈아, 나도 핸디캡이 무슨 뜻인지 모르겠느니라."

그래서 나는 오랜만에 억울한 입장에 처한 페이도 도와줄 겸, 랑이에게 자세히 대답해 줬다.

"원래 뜻은 따로 있는데, 그건 나도 모르겠고."

저도 영어는 잘 모르니까 말이죠.

"이번에는 너희들이 나를 봐주면서 같이 논다는 뜻으로 말한 거야."

알기 쉬운 설명에 랑이는 고개를 갸웃거렸다.

비록 사이가 좋진 않지만, 인간이 아닌 에이와 같은 편이 되는 게 어떻게 내게 도움이 되는지 이해를 못 하는 거겠지.

[내 말 맞잖슴! 봐주는 거!]

"……아우우우, 미안한 거예요. 또 농담하는 줄 안 거예요."

한쪽에서는 억울함이 가득한 페이의 글과 민망해하는 치이의 목소리가 들려왔고.

"대체 무슨 꿍꿍이야, 아빠? 키히힝, 나한테만 살짝 알려주면 안 돼?"

아야는 살살 내게 몸을 비비며 애교를 떨어 왔다.

"되겠냐."

"캿!"

하지만 나도 다섯 명에게 소원권을 건 이상, 쉽게 져 줄 생각은 없다.

"자, 그러면."

나는 마음가짐을 바로 하며 말했다.

"게임을 시작하자."

* * *

그리고 1초 후.

"께음을 스즉흐즈~."

에이가 내 말을 이상하게 따라 했다.

"꼰대 같은 쫌생이 오빠. 하나 묻고 싶은 게 있거든? 응? 내가 도대체 왜 핸디캡이 된다는 거야? 날 너~~~~~~무 무시하는 것 같아서 기분 나쁘거든? 내가 재수가 없어서 이런 꼴이 되긴 했지만 말이……."

나는 주절주절 헛소리를 지껄이는 에이의 어깨에 손을 얹고서 말했다.

"얼음."

자신이 잡혔다는 사실을 받아들이지 못한 에이가 말 그대로 얼어 버렸지만, 이내 눈을 가늘게 뜨고 나를 올려다보며 말했다.

"꺄하하핫, 오빠, 진짜 유치하게 논다♥ 그런 게 어디 있어? 아, 맞다. 오빤 친구 없어서 얼음땡 같은 거 해 본 적 없지?"

그럴 리가 있냐. 당연히 해 봤지.

다만 내가 참가했던 얼음땡은 언제나 피와 먼지, 그리고 발을 질질 끄는 부상자로 끝이 났다는 게 평범한 얼음땡과는 달랐을 뿐.

얼음이 된 녀석을 움직일 수 없게 만드는 게 내 필승 전략이었으니까.

하지만 그런 사실을 모르는 랑이는 에이가 심한 말을 했다고 받아들이고서 양쪽 귀와 꼬리를 바짝 세우며 외쳤다.

"너는 왜 자꾸 성훈이한테 그렇게 나쁜 말만 하는 것이느냐!!"

그리고 나는 그 기특하고 착한 랑이의 머리에 손을 올리며 말했다.

"랑이도 얼음."

"엣."

"앗."

"아우우우?"

"크응?"

이때만큼은 모든 아이들이 한마음이 되어 그대로 굳어 버렸다.

[지금 이럴 때가 아님! 도망쳐야 함!]

그나마 더티 플레이의 전문가인 페이가 사태를 깨닫고 치이를 잡아당기며 글을 썼지만!

"늦었다, 인마."

친구를 포기하지 못한 그 여린 마음이 너의 약점이다!

나는 페이부터 치이, 아야까지 툭, 툭, 툭, 머리를 두드리고서 말했다.

"자, 게임 끝. 내가 이겼다."

아이들은 순식간에 끝난 승부에 넋이 나간 것처럼 할 말을 잃었다. 바로 코앞에 있던 소원권이 두레박을 타고 하늘로 날아가는 걸 보는 심정일까?

무엇보다 자신의 자유를 쟁취할 수 있었던 에이는 더욱더 허탈하겠지.

나는 아이들의 그런 모습을 보며 입꼬리를 살짝 올린 채 말했다.

"뭐, 이건 어디까지나 연습 게임이지만."

"응?"

나는 어리둥절해하는 랑이의 머리를 애정을 담아 쓰다듬어 주며 말했다.

"말했잖아. 연습 게임부터 해 본다고."

아무리 내가 **질 생각이 없다 해도,** 이렇게 사기를 치듯 이길 생각 또한 없다. 씨름판 위에서 들은 이야기도 있는데, **아이들하고 노는데** 그런 치사한 짓을 하겠어?

"으냐아아!!"

하지만 그건 어디까지나 내 생각이었던 것 같다.

어떻게 일이 흘러간 건지 이해한 랑이가 뭐라 할 것도 없이 내게 달려들어서는 가슴을 툭툭 두드렸으니까.

"짓궂다! 짓궂으니라! 성훈이는 매번 이럴 때만 너무 짓궂어져서 깜짝깜짝 놀라지 않느냐!"

"미안, 미안. 잠깐 장난 좀 쳐 봤어."

나는 귀여운 투정을 부리는 랑이의 등에 팔을 둘렀다.

그런데 지금 본 게임을 시작하고 랑이를 얼음으로 만들면 어떻게 될까?

……그때는 진짜 울겠지?

관두자. 랑이를 울리고 싶진 않고, 냥이의 분노를 피해 옷 한 벌만 입고 도망치다가 말 그대로 얼음이 되고 싶지도 않으니까.

그래도 장난으로, 정말 장난으로 살짝 놀리는 건 괜찮지 않을까?

"지금 엄청 음흉한 표정 지었어, 저 꿍꿍이."

"완전 그런 거예요. 아우우우, 또 무슨 못된 생각을 한 거예요."

[지금이라도 도망쳐야 하는 거 아님?]

너희들은 나를 너무 잘 아는구나.

"아! 그러니까 지금 건 연습 게임이니까 잡혀도 상관없었다는 거야? 뭐야, 깜짝 놀랐네! 난 또 좀생 오빠를 왕좀생이라고 불러야 할지 고민했는데."

저 갈색 태닝 혼혈 흡혈귀는 분위기를 너무 모르는 것 같다. 에이가 나를 좀생이라고 부르자 랑이가 내 품에 안긴 채로 꼬리를 부풀리면서 고개만 획 돌렸는데, 위에서 봐도 많이 기분이 안 좋다는 게 티가 난다. 조금 전만 해도 나한테 한마디 하고 싶은 눈치던 치이와 페이, 아야도 그 대상이 에이로 변했고.

"흐응? 뭐야, 뭐야? 응? 왜 그렇게 노려보는데? 설마 좀생 오빠라고 불러서 그래? 푸푸풉~ 진짜 웃겨♥ 내가 틀린 말을 한 것도 아닌데. 그렇지? 좀생 오빠♥"

넌 정말 질리지도 않고 제 무덤을 파는구나.

그리고 랑이야, 아무렇지 않게 내 가슴 위에 올려놓은 손을 호랑이 손으로 바꾸지 말아 줄래? 나는 다치지 않아도 옷은 찢어지잖니.

질리지도 않고 제 무덤을 파는 에이를 보다가, 나는 이 험악한 상황을 타파하기 위해서는 본 게임을 진행할 필요가 있다는 것을 깨달았다.

"너는 진실로……."

"자, 그러면 지금부터 시작한다."

"으냐앗?"

나는 무거운 목소리로 입을 열던 랑이의 어깨를 잡아 빙글 뒤로 돌린 뒤, 그 등을 살며시 밀며 말했다.

"혹시나 잊었을까 봐 다시 말하는데, 시간은 지금부터 10분. 도망 다닐 수 있는 건 마당뿐이야."

크흠!

나는 일부러 시간을 주기 위해 헛기침을 했고, 아이들은 조금 전에 있었던 일을 반복하지 않기 위해서 슬금슬금 나와 거리를 두기 시작했다.

심지어 에이조차 입을 다물고 뒷걸음질을 치는 걸 보니, 연습 게임이 마음의 준비를 하는 데 도움이 된 것 같기는 하다.

그래 봤자 세 걸음이면 잡을 수 있지만.

이놈은 학습 능력이라는 게 정말 없구나.

"자, 그럼."

나는 만약의 상황을 가정해서 휴대폰으로 8분 알람을 맞춘 뒤.

"지금부터~."

깊게 숨을 들이마시고.

"시작!"

말을 내뱉는 것과 동시에 앞으로 달렸다. 목표는 아이들 중에서 가장 좋은 운동 신경을 가진 랑이! 지금이 아니면 기회조차 없을 테니까!

내 예상대로 랑이는 자신을 향해 달려오는 나를 보고는 두 눈을 크게 뜨고 지금 피해야 하나 말아야 하나 잠깐 머뭇거렸다.

이게 다 평소 행실 덕분이지!

하지만.

"꺄우우우! 뭐 하는 건가요?!"

저 멀리서 외친 치이의 목소리에 정신을 차리고서는 뒤로 뛰었다.

늦었어!

“으냐앗!!”

내가 손을 뻗은 그때.

공중에 붕 뜬 랑이가 기합성을 지르고선 다시 한번 허공을 박차고 올라 아슬아슬하게 내 손을 피했다!

이게 말로만 듣던 2단 점프?!

도대체 물리 법칙은 어디 간 거야?

요괴에게서 과학을 찾는 나를 비웃듯이 랑이는 공중에서 재주넘기를 하며 뒤로 물러나고선, 10점 만점에 100점짜리 착지에 성공하고서는 가슴을 쓸어내렸다.

“흐냐아~ 성훈이가 생각보다 너무 빨리 움직여서 깜짝 놀라고 말았느니라.”

“……지금 놀랄 사람은 나 아니냐?”

“헤헤헷, 그러하느냐?”

내가 한 말이 칭찬처럼 들렸는지, 랑이가 쑥스럽게 웃으며 머리를 긁적였다. 여유가 넘치는 그 행동을 보니, 아무래도 내 손에 잡힐 거라고는 조금도 생각하지 않는 눈치다.

객관적으로 봐도, 주관적으로 봐도 그렇다.

매일 잊고 살지만, 랑이는 마음만 먹으면 인간 모습으로도 소닉 붐을 일으킬 수 있는 녀석이니까.

“캬아앙! 이 밥보야! 빨리 도망치란 말이야!”

"그런 거예요! 방심하지 말고 빨리 오라버니한테서 떨어지는 거예요!!"

[상대는 성훈임! 무슨 반칙을 저지를지 모름!!]

그런데 우리 집 아이들은 왜 이렇게 나에 대한 믿음이 강한 걸까. 내가 그동안 해 온 게 있어서 그런가?

"아!"

나와 가장 오랜 시간을 같이했던 랑이도 다를 게 없는지, 아이들의 말을 듣자마자 바로 등을 돌려 도망쳤다. 꼬리까지 바짝 세운 걸 보니 진심으로 위험하다고 느낀 것 같아 보인다.

……이게 그 야생의 감이라는 겁니까?

"뭐야? 호랑이 너, 그러고도 대요괴야? 너무 겁먹는다~ 꺄하하핫, 꼬리 빠지게 도망치는 것 좀 봐. 쫌생 오빠가 아무리 잘나 봐야 겨우 인간인데, 저렇게 겁에 질려서 덜덜 떠는 꼴이라니, 진짜 웃겨~♥"

그와 반대로 인터넷 방송을 직접 할 정도로 문명에 찌들어 버린 혼혈 흡혈귀 양은 나와 일정 거리를 유지한 채 당당하게 서 있었다.

나는 그 모습에 얼이 빠지려는 걸 있는 힘껏 참고서 말했다.

"넌 왜 안 피하냐?"

"내가? 오빠를? 왜?"

에이는 마치 권투 만화의 주인공처럼 몸을 이리저리 움직이며 말했다.

"이런 건 눈앞에서 샤샷~ 하고 피해 줘야 재밌는 거잖아.

안 그래? 응? 난 숨지도, 도망치지도 않을 테니까 어디 한번 잡아 봐. 꺄하하핫~♥ 잡을 수 있다면 말이지?"

왠지 손등으로 입가를 가리면서 오호호홋~ 하고 웃으면 어울릴 것 같군.

덕분에 나는 살짝 김이 빠져서 간지럽지도 않은 뒤통수를 긁적이며 에이에게 말했다.

"너, 아무 생각 없지?"

"뭐어~? 저기저기, 오빠. 그거 나한테 하는 소리? 나한테 하는 소리~? 응?"

"이 멍청아! 빨리 도망쳐!!"

"아우우우! 쟤는 약해 빠졌으면서 뭘 믿고 저러는 건가요?!"

[그럴 머리가 있었으면 성훈한테 잡혀 왔겠음?]

"어떻게…… 땡을 해 주면 될 것 같느냐?"

"크응, 일단 모여 봐. 지금처럼 여유가 있을 때 작전 회의부터 해."

멀찍이 도망친 아이들이 이쪽을 보며 이런저런 이야기를 했지만 에이의 귀에는 들리지 않는 것 같다.

"혹시 부산에서 있었던 일 때문에 날 우습게 보는 건 아니지? 그렇지? 그때는 내가 방심한 거거든? 지금처럼 진심으로……."

어, 그래.

"1초만 움직이지 마라."

"엣?"

내가 에이의 어깨를 잡자 아이들이 동시에 이마를 탁 치며 한탄하는 모습이 보였다.

자, 일단 한 녀석 잡았고.

"얼음이니까 움직이지 마."

바로 언령이 풀린 에이가 화를 내며 소리쳤다.

"자, 잠깐만! 오빠! 이거 반칙이잖아! 반칙! 치사하게 반칙 쓰기야? 어?!"

"내가 언령 쓰지 않는다고 말한 적 있냐?"

그럴 거면 내가 소원권을 걸었겠어?

말했듯이 나는 이 얼음땡을 통해 세 가지 이득을 동시에 취할 생각이다.

첫 번째는, 아이들과 놀아 주며 에이의 문제 행동을 교정하는 것.

두 번째는 대요괴를 상대로 언령을 실전처럼 사용하며 경험을 쌓는 것이다.

세 번째는 아직 비밀이고.

그중에서 언령을 쓰는 쪽은 처음부터 성과가 꽤 괜찮은 것 같다.

시간을 조건으로 언령을 쓸 수 있다는 것, 그리고 그 시간이 짧으면 언령 사용으로 인한 부담이 거의 없다는 것도 알게 됐으니까.

……에이 같은 약하디약한 요괴를 대상으로 써서 그럴 수도 있겠지만, 게임은 이제 막 시작했으니 확인할 기회는 많겠지.

아, 그리고.

내가 언령을 쓰는 건 절대로 치사한 게 아니다.

“애초에 난 너희들한테 요술 쓰면 안 된다고 말한 적도 없는걸.”

이 얼음땡 feat. 강성훈 특제 룰은 오히려 나한테 불리하다고.

“이이익!! 그럴 거면 다시 해! 다시 하자고!”

나는 눈동자가 새빨개질 정도로 화를 내는 에이를 바라보며 빙긋 웃었다.

“응~ 허접~ 안 해~ 꼬우면 잡히질 말든가~.”

“야!!!”

나는 짜증 섞인 외침에 답해 주기 위해서 제자리에서 멋지게 한 바퀴를 돈 뒤 오른팔을 뻗어 에이를 가리키며 외쳤다.

“호!”

“…….”

당황해서 아무 말도 못 하는군.

팝의 황제가 했던 퍼포먼스도 모르는 건가, 이 녀석.

그러거나 말거나, 나는 에이에게서 관심을 끄고 아이들의 위치를 확인했다.

내가 에이를 놀리는 동안 랑이와 아야는 시선이 닿는 내에서 최대한 멀리 떨어져 있었다. 치이와 페이는 보이지 않는데, 아마도 내 뒤쪽에서 기회를 노리고 있지 않을까?

좋은 판단이지.

규칙상 한 명이라도 얼음 상태면 아이들 모두가 패배하는 일종의 조별 과제식 얼음땡. 아이들이 승리하기 위해서는 어떻게든 에이를 구해야 한다. 내가 움직였을 때 에이를 구하기 위해서는 지금처럼 자리를 잡는 게 현명하다.

하지만.

내게 걸려 있는 제약은 그저 한곳에 오래 머물러서는 안 된다는 것뿐이다.

"나는 10분 동안 곰처럼 힘이 세지고 호랑이처럼 날쌔진다."

나는 첫 번째 썼던 언령에서 배운 점을 기반으로 두 번째 언령을 썼다.

시간이 길어져서 그럴까? 아니, 어쩌면 내가 생각하고 있는 곰과 호랑이의 기준이 높아서 그럴지도 모르겠다.

가슴 한복판에서 생각보다 많은 무언가가 뭉텅하고 빠져나가 잠깐 다리가 풀렸지만, 그와 동시에 온몸에서 무엇이든 할 수 있을 것 같은 힘이 솟아올라 내 몸을 지탱했다.

이거라면…….

나래처럼 벤치 프레스 450킬로그램도 문제없이 들 수 있다!

뭐, 내가 들 건 그렇게 무거운 건 아니지만.

"꺄앗?!"

그렇게 난 얼음 상태인 에이를 들어 내 옆구리에 끼었다.

얼음인 녀석을 들고 다니면 안 된다는 규칙은 없었으니까. 이러면 얼음인 녀석과 떨어지지 않고 다른 녀석들을 잡으러 다닐 수 있지.

이대로 있어도 쉽게 이길 수 있지 않냐고?

그럴 리가 있나. 우리 집 아이들은 착하긴 해도 승부욕이 강하다. 특히나 소원권이 걸려 있는 이 상황에서는 어떻게든 상황을 역전시켜 나갈 거다.

지금의 승기에 안주하고 있다가는 당하는 건 내가 되겠지.

"뭐 하는 거야! 변태! 치한! 성범죄자!"

다만 에이는 짐짝 취급을 당하는 게 불만인 것 같다. 나는 고개를 들고 바락바락 소리 지르며 바동거리는 에이의 머리를 꾸욱 누르면서 말했다.

"허접이…… 말대꾸?"

"이게 어떻게 말대꾸야?!"

세희와 조금이라도 말이 통하기 위해 배웠던, 하지만 이제는 흘러가 버린 인터넷 밈을 써 봤는데 통하지를 않는군. 이러면서 인터넷 방송을 했다는 게 믿기지가 않는다.

혹시 그때가 방송을 처음으로 했던 거였나? 그러면 도대체 뭘 위해서?

……이 녀석의 사정이야 알 게 뭐냐.

나는 에이의 눈앞에서 주먹을 쥐었다 펴는 것을 반복해서 침묵을 권유한 뒤, 랑이와 아야를 번갈아 보며 말했다.

"그것보다, 너희들은 이제 어떻게 할 거냐?"

아야가 골치가 아프다는 듯 눈가를 찌푸리고는 꼬리를 **붉게 물들이며** 말했다.

"역시 꿍꿍이가 있었어, 저 잔머리. 들고 다닐 줄은 몰랐다고."

그와 반대로 랑이는 축 늘어진 눈매로 에이를 바라보며 아쉬움이 가득한 목소리로 말했다.

"으냐아…… 엄청 부럽느니라. 이럴 줄 알았으면 나도 잡힐 걸 그랬느니라."

"캬아앙!! 그건 소원권 탄 다음에 말하면 되는 거잖아!!"

"그, 그건 그거고 이건 이거이니라!"

"됐으니까 빨리 준비하기나 해, 이 밥보야."

랑이와 아야가 서로에게 잠시 정신이 팔렸을 때, 나는 다리에 힘을 주었다. 둘 중 비교적 임기응변에 약한 아야에게 달려들 생각이다.

하지만 내가 발을 떼려고 하는 순간.

[역시 강성훈이야! 우리가 생각하지도 못 할 짓을 태연하게 해 버려!!]

나는 페이의 글이 시야를 가리는 것과 동시에 뒤로 물러났다.

눈치도 못 챘다. 페이의 글은 내가 예상하지 못한 곳에서 날아왔으니까.

나는 고개를 뒤로 돌리는 대신 위로 향했고, 푸른 하늘을 자유로이 날고 있는 까막까치 녀석들을 볼 수 있었다.

그립군.

옛날에 치이가 지붕 위로 올라갔을 때 이런 기분이 들었는데.

그때와 다른 게 있다면 치이와 페이는 지붕보다 높은 곳에서 날고 있다는 거다. 언령으로 신체를 강화한 나로서도 닿을 수 있을지 모를 정도로 높이.

"아우우우! 잘 숨었는데 왜 다 들키게 그런 글을 쓴 건가요?!"

[걱정 안 해도 됨! 우리는 안전함!]

"……그렇게 말하니까 갑자기 위험해진 기분이 드는 거예요."

그런데도 치이가 페이를 꾸짖는 말은 이상하게 잘 들리는군. 마치, 보이는 것보다 가까이서 날아다니고 있는 것처럼. 그런 것치고는 두 녀석의 모습이 흐릿하게 보이지만.

치마를 입고 있음에도 속옷이 보이지 않는 건 그런 이유인가.

이상한 건 그것뿐만이 아니다.

치이와 페이가 하늘로 도망친 이유는 자신의 안전을 확보하기 위해서일 것이다. 두 녀석 다 우리 집에서 힘이 약한 편에 속하니까.

어쩌면 언령을 쓴 나보다 더.

하지만 그렇다고 두 녀석이 승부욕까지 약한 건 아니다.

놀 때는 말이지.

특히나 페이는 게임을 할 때, 어떻게 하면 상대방을 가장 빡…… 아니, 화나게 만들면서 이길 수 있는지 고민하는 놈이다.

사람들과 같이 즐기는 게임을 예로 들면, 온갖 도발성 플레이로 동료들까지 열받게 만들면서도 결국은 자신의 화려하고 놀라운 기량으로 승리를 쟁취하는, 그런 변태적이며 변칙적이면서 자신이 그 판의 주인공이 되는 플레이를 좋아하는 유저인 것이다.

즉, 하늘이라는 안전지대에서 10분 동안 버티며 다른 아이들에게 모든 걸 맡기는 건 페이답지 않아.

분명 뭔가 노리고 있다.

"하나 묻고 싶은 게 있는데, 이 꾀보야!"

문제는 지금 시간을 들여 치이와 페이의 속내를 짐작해 볼 상황이 아니라는 거지.

나는 까막까치 녀석들의 일은 잠시 뒤로 미루고 다시 마당으로 시선을 돌렸다. 그사이에 랑이는 어디 숨었는지 보이지 않고, 봄날이 아직 멀었는데도 아지랑이가 피어오르는 마당 한쪽 구석에 아야만이 서 있었다.

나는 아야에게 보란 듯이 귀 뒤쪽에 손을 대고서 외쳤다.

"뭐?! 안 들려?!!"

"캬아앙! 그런다고 내가 가까이 갈 것 같아?! 다 들리잖아, 이 사기꾼아! 지금 누굴 속이려 드는 거야!"

쳇.

"야, 아무리 그래도 아빠한테 사기꾼은 너무한 거 아니냐?"

투덜대듯 말해 봤지만 아야는 아무런 말이 없었다. 덕분에 나는 어깨를 으쓱한 뒤 말했다.

"너무해? 너무하다고? 너무한 건 좀생 오빠겠지! 입만 열면 거짓말만 나오고, 건수만 있으면 사기 칠 생각만 하잖아! 잠깐잠깐잠깐!!! 설마 요괴의 왕 자리도 호랑이한테 사기 쳐서 따낸 거 아냐? 응? 내 말 맞지! 그러니까……."

"응~ 아니야~ 허접은 좀 조용히 있어~."

"그러니까 난 허접이 아니라고 했잖아꺄아아앗! 어딜 때려?! 변태! 치한! 사기꾼! 범죄자! 꺅!! 또 쳤어?!"

나는 시끄러운 에이의 엉덩이를 다시 한번 찰싹 때리고선 여유롭게 한 걸음씩 아야에게 다가가며 말했다.

"그래서 궁금한 게 뭔데?"

아야는 나와의 거리를 계속 유지하겠다는 듯 담벼락을 따라 움직이며 자신의 꼬리처럼 눈을 빛냈다.

"얼음이 되는 거, 술래한테 잡혀야 하는 거 맞아? 그러니까, 두 손으로 직접 말이야."

……이 녀석 봐라? 지금 누가 누구보고 꾀보래?

아야는 자신의 속셈을 숨기지 않고 드러냈지만, 전국 얼음땡 협회장이 와도 부정할 수 없는 사실이라 나는 고개를 끄덕였다.

"그래, 조금 더 정확히 말하면 술래가 꼭 잡아야 하는 건 아니라, **손만 닿으면** 되는 거다."

"키히힝, 그래? 손만 조심하면 된다는 거지?"

아야가 살랑거리는 자신의 붉은 꼬리를 앞으로 가져와 입가를 가리며 웃었다.

그리고 깨달았다.

아야의 꼬리가 조금 전부터 계속 붉게 물들어 있었다는 사실을.

아야의 꼬리가 붉게 변하는 경우는 두 가지다.

하나는 아야의 감정이 격해졌을 때. 다른 하나는…….

"야, 잠깐, 너?!"

아야가 여우불을 일으켰을 때!

아까 그 아지랑이는 여우불 때문이었냐?!

그렇다면 아야는 무엇을 위해 여우불을 쓴 거지?

"키히힝, 이제 알았어?"

아야는 지금 깨달아 봤자 이미 늦었다는 듯 아지랑이를 더 욱더 짙게 만들었다.

"하지만 이미 늦었어, 이 거북이야!"

마치 아지랑이가 나와 아야 사이에 벽이 되어 줄 것처럼.

그래서 나는 땅을 박차고 아지랑이를 향해 달려들었다.

애초에 나는 아야가 여우불로 무슨 짓을 할 수 있는지 모른다. 저 아지랑이를 만든 이유도 모르고.

그렇다면 머리 굴릴 것 없이 언령으로 강해진 내 몸을 믿고 돌파하는 수밖에!

"지금이야!"

하지만 아야가 그렇게 외친 순간.

"까꿍이니라~."

눈앞의 아지랑이가 랑이로 변했다!

"우왓?!"

아니, 아지랑이 뒤에 숨어 있던 랑이가 앞으로 튀어나온 거다! 세상에! 아지랑이가 무슨 광학 미채라도 돼?!

아니, 지금 그게 중요한 게 아니다!

이대로는 랑이와 부딪친다!

긴급 브레이크으으으으!!

그렇게 난 인간에겐 요괴와 달리 물리 법칙이라는 것이 적용된다는 사실을 깜빡하고 말았다.

마음이 급했으니까.

그 결과, 나는 세상을 그리 쉽게 보지 말라는 운동 에너지님의 따끔한 훈육과 함께 앞으로 넘어지고 말았다.

"꺄아아악!!"

그나마 고통과 슬픔을 함께할 녀석이 내 옆에 있다는 게 기쁜 일이군.

나는 운명 공동체가 된 에이의 얼굴이 땅바닥에 갈리지 않도록 가슴팍으로 당겨 끌어안으며 앞으로 넘어졌다.

그때.

"흣! 짜!"

랑이가 귀여운 기합 소리를 내며 넘어지려는 나를 두 손으로 받치는 것으로 모자라, 그대로 두 팔로 껴안고 앞으로 낮게 뛰어올랐다.

뒤쪽으로 날아오른 내 몸이 공중에서 빙글빙글 돌았다.

하늘과 땅이 몇 번이나 뒤집어져 정신이 하나도 없는 상황이었지만, 언령으로 강화된 신체는 평소라면 놓쳤을 정보를 습득했다.

–하늘에 있어야 할 치이와 페이가 어째서인지 내 발 밑쪽에서 에이의 두 다리를 잡았다.

–반 바퀴 돌며 올려다본 하늘에는 치이와 페이가 여전히 하늘을 날고 있었다.

–땅 위에 있는 치이와 페이가 있는 힘껏 에이를 잡아당겼다.

–에이가 두 팔을 위로 든 채 나한테서 쏘옥 빠져나갔다.

–치이가 외쳤다.

"땡!!"

–얼음이 풀린 에이가 내 쪽을 향해 손가락 욕을 했다.

–페이가 그 가운뎃손가락을 잡고서 그대로 에이의 코에 찔러 넣었다.

"아퐛!"

–하늘을 날고 있던 치이와 페이가 검은 연기로 흩어졌다.

–이번에는 랑이가 나와 함께 위아래로 휘리릭 돌더니 멋들어지게 마당 위에 착지했다.

–랑이가 손을 뻗은 나를 가볍게 피하고서는 손으로 브이를 만들며 외쳤다.

"작전 대성공이니라!"

동시에 깨달았다.

하늘에 떠 있던 치이와 페이의 모습은 연기로 만든 허상이었구나.

아야는 내가 아지랑이를 경계해서 물러나기보단 돌파할 거라는 걸 알았다.

랑이는 아지랑이로 몸을 숨긴 뒤, 나를 당황하게 만들어 빈틈을 만든다.

그리고 그사이에 마당 어딘가에서 몸을 숨기고 있던 치이와 페이가 에이를 구하는 작전이었다.

누가 짠 계획인지 모르겠지만 정말 완벽하게 당했네. 우리 아이들이 이렇게 머리를 잘 썼나 감탄할 정도로.

이제 다시 게임은 원점으로 돌아왔다.

아니, 아니다. 아직도 저울의 눈금은 내 쪽으로 기울어 있다.

닭 대신 꿩이라고, 에이는 풀려났지만 랑이는 아직 내 손이 닿는 거리 안에 있으니까!

"우욱!!"

하지만 나는 마당에 네 발로 엎드려 메스꺼운 속을 다스려야 했다.

토, 토할 것 같아.

옆으로 돌다가 위아래로 돌고, 인간이 이런 걸 어떻게 견뎌? 원심 분리기 안에 들어가도 이것보다는 낫겠다.

"성훈아, 괜찮느냐?"

하지만 가장의 권위를 지켜야 한다! 어떻게 아이들 앞에서 속에 있는 걸 게워 내는 꼴사나운 모습을 보이겠어?! 이미 추한 꼴을 많이 보인 것 같지만 이것과 그건 다르다!

아이들 앞에서 토한 적은 없으니까!

그렇게 나는 초인적인 정신력을 발휘해서 속이 가라앉을 때까지 기다린 뒤에야 고개를 들었다.

손을 뻗으면 닿을 것 같은 거리에서 랑이가 몸을 굽히고서 걱정 가득한 눈으로 나를 보고 있었다.

내가 걱정돼서 몸을 피하지도 않았구나.

그 어떤 짐승 같은 놈이라도 이런 상황에서 랑이를 잡으려들지는 않겠지.

"우랏차!"

하지만 나는 검은 머리 짐승이다!

은혜를 모르는 검은 머리 짐승에게 경우 같은 건 없다!

"으냣!!"

그리고 나와 달리 새하얀 눈꽃 같은 머리카락을 가진 호랑이 소녀는 뒤로 펄쩍 뛰며 내 손을 가볍게 피했다.

젠장! 잡을 수 있었는데!!

이번에도! 이번에도 나는 랑이를 잡지 못한 건가!

쾅!

분함을 이기지 못하고 내리친 주먹이 땅을 울렸다.

"……저기, 진짜 궁금한데. 너희들은 저런 애가 진짜 좋은 거야?"

""""[…….]""""

누구 하나 옹호해 주는 이 없는 싸늘한 겨울의 한가운데에서 나는 두 주먹을 불끈 쥐었다.

일어서자. 일어나야 한다.

아이들의 눈동자가 차게 식고 에이가 경멸의 시선을 보낸다 한들, 나는 여기서 멈춰 설 수 없다.

그렇다. 나는 외로운 투쟁을 계속해야 한다.

지금 막 내 마지막 계획이 싹을 틔우기 시작했으니까.

뭐, 쪽팔린 거 무마하려고 별 겉멋만 든 소리를 계속했는데, 계획이라고 해도 사실 별거 아니다.

이미 말했듯이 에이의 재교육을 얼음땡이라는 놀이를 통해 하려는 것뿐이니까.

에이가 어제부터 오늘까지 우리 집에서 겪은 일들은 많다면 많고 적다면 적다고 할 수 있을 거다. 하지만 단언컨대 그 일들이 사람에게 영향을 주지 못할 정도는 아니라고 말할 수 있다.

심지어 짐승조차 그 정도로 맞으면 꼬리를 내리고 기어다녔을걸?

하지만 에이는 아니었다. 매를 들면 그때그때 몸을 사리긴 했지만, 시간이 지나면 자기가 언제 그랬냐는 듯 본성을 드러낸다. 마치 다른 사람들의 생각과 감정은 아무래도 상관없다는 듯이.

그렇기에 나는 에이에 대한 교육 방법을 조금 다른 방향으로 접근하기로 했다.

이 녀석에게 가장 부족해 보이는 사회성을 놀이를 통해 기르는 것으로.

요약하자면, 작전명 '성격 더러운 외톨이라도 친구가 생기면 좀 사람답게 되지 않을까~'라는 거다.

절대 제가 겪었던 일이 아닙니다.

제 이야기인 것 같아도 일단 아닌 겁니다.

에이에게 공동체 의식이 싹틀 수 있게 내 역할에 충실해야 하니까 넘어가자고.

그렇게.

"이젠 안 봐준다!!"

나는 다시 한번 목표를 찾았다.

가장 가까이에 있는 건 랑이지만 힘 싸움을 벌이기에는 너무 거물이다. 내 느려 빠진 손은 하품을 하면서 가볍게 피할 수 있을걸?

실제로 그러지는 않겠지만.

그렇다면 우리 집 최약체인 에이한테?

아니, 이미 두 번이나 잡힌 에이다. 저 멍청한 녀석이, 세 번이나 손쉽게 내게 잡힐 것…….

잡힐 것 같지만!

문제는 에이의 양옆에 두 팔을 날개로 변화시킨 치이와 페이가 언제라도 하늘로 날아오를 수 있는 준비를 마친 채로 대기하고 있다는 거다.

하늘로 막 도망치는 녀석들을 못 잡을 것 같지는 않지만, 일부러 시도하고 싶지는 않다.

넷이 엉켜서 힘 싸움을 벌이다가 땅에 떨어지기라도 하면 다칠 수도 있으니까.

그렇기에 나는 소거법으로 아야를 향해 뛰었다.

"크흥?"

아니, 그건 발사라고 말해야 할 것이다.

육상 선수가 취하는 자세, 흔히 크라우트……? 크라우저?

어쨌든 그것과 비슷하게 몸을 웅크린 나는 두 손과 두 다리의 추진력을 이용해서 아야를 향해 날았다.

그리고 아야는 눈을 찌푸리며 짜증 섞인 목소리로 말했다.

"잠깐, 아빠. 지금 내가 애들 중에서 가장 쉬워 보였다는 거야?"

그럴 리가 있냐!

바둑이와 제대로 한판 붙을 수 있는 너를 어떻게 우습게 보겠어?

하지만 넌 목걸이를 차고 있지!

"캬아앙!!"

……목걸이를 차고 있었죠.

그래요, 과거형이 되어 버렸습니다.

목걸이를 풀고 순식간에 어른의 모습으로 변한 아야는 앙칼진 눈매로 나를 노려보고 있었다.

바로 코앞에서.

죽이 되든 밥이 되든 물러날 수 없다! 나는 있는 힘껏 손을 뻗었다. 어쨌든 일단 잡기만 하면 된다!

하지만 아야는 몸을 틀어 가볍게 내 손을 피했다.

"아무리 아빠라고 해도!"

동시에 무시무시한 악력으로 내 목덜미를 잡고 그대로 던져 버렸다!

"날 이 정도로 우습게 보면!"

이대로는 담벼락에 처박혀 버린다!

"자존심에 상처받는다고!"

하지만 그 전에 불꽃으로 이루어진 또 다른 아야가 담벼락 앞에 나타났다.

"알겠어, 이 섭섭아?!"

불꽃으로 만들어졌지만 뜨겁지 않은 아야가 내 몸을 공중에서 낚아채서 공주님처럼 안아 들었다.

사, 살았나? 적어도 세희가 요술로 강화한 담벼락이랑 내 몸 중에 뭐가 더 튼튼할지 실험할 상황은 벗어난 것 같은데, 맞지?

"우왓?!"

하지만 불꽃으로 만들어진 아야가 사그라지자 나는 그대로 마당에 떨어지고 말았다. 반사적으로 낙법을 취하긴 했지만, 그렇다 한들 등짝에서 찌릿하게 올라오는 고통이 없어지는 건 아니었다.

[철로 만든 주먹 게임에서 나오는 패배 모션 같음.]

페이가 쓴 글이 눈앞을 스쳐 지나갔지만 나는 뭐라 할 말이 없었다.

"으어어……."

아파 죽겠거든요.

"흥!"

그 모습을 보며 아야는 다시 목걸이를 차고서 팔짱을 끼며 콧김을 강하게 내쉬었다. 그러면서도 은근히 내가 괜찮은지 곁눈질을 하는 걸 보니, 너무 심하지 않았나 걱정은 하는 것 같다.

나는 그 모습을 땅바닥에 누워서 거꾸로 바라보다 몸을 추스르고 일어나 섰다.

언령으로 강화했는데도 아직까지 저릿저릿한 등을 주먹으로 툭툭 두드리며 아야에게 말했다.

"너, 여우불로 그런 것도 할 줄 알았어?"

아야의 눈썹이 살짝 올라갔다.

"그럼 나는 매일 놀고 있는 것 같았어?"

응.

그렇게 말했다가는 또 무슨 일을 당할지 모르니, 나는 슬쩍 대답을 피했다.

"캬아앙! 지금 무슨 생각하는지 내가 모를 것 같아? 표정에 다 티 난다고, 이 정직아!"

별로 의미는 없었지만.

나는 머리를 긁적이며 상황이 나한테 더욱더 안 좋아졌다는 사실을 인정하기로 했다.

하지만 달라진 건 없다. 나는 언제나 불리한 상황에서 어떻게든 해 왔으니까.

그렇게 내가 필사적으로 머리를 굴리고 있었을 때.

내 마음속 비상벨이 미친 듯이 울렸다.

그 즉시 나는 머리를 숙이며 땅바닥에 몸을 굴렸다.

휘잉!

그리고 조금 전까지 내 머리가 있던 곳에 검은색 야구 방망이가 스쳐 지나갔다!

[뒤에도 눈을 달았음?!]

사람 머리 하나 정도는 가볍게 깨 버릴 수 있을 정도의 속도로!

"아니, 씨, 아니, 야!!"

경악에 차서 욕을 해 버릴 뻔한 나는 간신히 이성을 되찾고 외쳤다.

"사람 죽일 일 있냐?!"

[요괴는 이 정도론 안 죽음!]

페이가 이번에는 배를 노리며 야구 방망이를 휘둘렀다!

"난 사람이야, 이 자식아!"

나는 뒷걸음질을 치며 가까스로 야구 방망이를 피했다.

[괜찮음! 개그적 허용으로 맞아도 살짝 기절만 할 거임!]

이제는 페이가 100T이라고 적힌 거대 망치를 미친 듯이 휘두르며 내게 덤벼들었다.

아니, 죽어! 죽는다!

네가 망치를 휘두를 때마다 파열음이 울리고 모래바람이 일어나는데, 그걸 맞고 사람이 어떻게 살아?!

거대 몬스터도 그런 거에 맞으면 죽을 거라고!

"너, 나한테 불만 있지!"

[그런 게 있을 리가 없잖슴?]

그러면 왜 스트레스를 풀러 코인 야구 연습장에 간 회사원처럼 상쾌한 표정으로 망치를 휘두르는데?!

[난 그냥 공격이 최선의 방어라는 걸 깨달았을 뿐임!]

나는 그제야 페이가 지금 무슨 생각을 하며 나를 반쯤 죽이려 드는지 깨달을 수 있었다.

그렇다.

아까 말했듯이, 페이는 변태적이고 변칙적인 성향의 플레이를 좋아한다. 그런 살짝 엇나간 취향이, 이번에는 '술래를 무력화시키면 도망을 치지 않아도 된다.'라는 결론에 다다르게 된 것 같다.

옛날의 나와 같이!

이게 그 거울 치료인가 뭔가냐?!

"그렇다고 내가 당해 줄 것 같아?!"

[그러면 어디 한번 해 보삼!]

호기 있게 외쳤지만 저놈의 망치 때문에 리치 차이가 너무 커! 거기다 무기를 든 상대를 맨손으로 제압하려 드는 건 미친 짓이다! 나한테도 뭔가 무기가 필요해!

그래, 무기!

당황한 나머지 깜빡하고 말았지만, 나는 이미 그 무엇보다 강한 무기를 가지고 있었다!

그 무엇보다 빠르고 강한 무기를!

"오냐!!"

그렇기에 나는 눈을 부릅뜨고 외쳤다!

"까마귀 날자 배 떨어진다!!"

새로운 방식으로!

[갑자기 그게 무슨…….]

나중에서야 알게 된 사실이지만.

이때 내 발뒤꿈치 쪽에는 아주 작은 돌멩이 하나가 있었다.

언령을 쓰며 페이의 망치를 피해 뒷걸음질 치던 나는 그 돌멩이를 운동화 뒷굽으로 강하게 쳤고, 돌멩이는 그대로 뒤로 날아갔다.

마당의 터줏대감인 바둑이가 강아지 모습으로 몸을 웅크린 채 잠들어 있는 집을 향해.

놀랍게도 그 작은 돌멩이는 땅바닥에 몇 번 튕기더니 잠들어 있는 바둑이의 검은색 코안으로 쏙 들어가 버렸다.

그 결과.

"엣취?!"

깜짝 놀란 바둑이가 재채기를 하며 깨어나 버렸다!

평소에는 마당에서 할 일 없이 지내는 것 같아 보이는 바둑이이지만, 사실은 우리 집에서 순위권을 다투는 강력한 대요괴란 건 누구나 다 알고 있는 사실이다. 바둑이가 랑이만큼이나 착하고 순해서 그 사실을 잊어버리고 지내서 그렇지.

하지만 그런 바둑이도 정오의 햇빛을 만끽하며 낮잠을 즐기다가 어디선가 날아온 돌멩이 때문에 깼을 때는 조금 달랐다.

"크응!"

강아지 모습으로 코를 풀고 후드드득 몸을 턴 바둑이가 털을 곤두세우고는 네 발로 몸을 단단하게 버티고서 고개를 들며 말했다.

평소보다 가라앉은 목소리로.

"……누구예요?"

다시 말한다.

나는 이때 내가 정확히 무슨 짓을 저질렀는지 몰랐다.

하지만 '까마귀 날자 배 떨어진다.'라는 속담을 언령으로 사용하면 어떤 일이 벌어질지 실험해 본 결과, 바둑이가 불쾌한 상태로 잠에서 깼다는 것 정도는 알 수 있었다. 즉 지금 바둑이의 기분이 상당히 나쁜 건 나 때문이라는 말이 되겠지.

하지만.

그런 내 앞에는 조금 전까지만 해도 나를 기절시키겠다고 미친 듯이 망치를 휘두르며 흙먼지를 일으켰던 페이가 있었다.

"페이가 그랬어."

그런 내가 페이를 용의자로 지목하는 건 이상한 일이 아니었다.

상식적으로 생각해 보면 페이가 일으킨 흙먼지 때문에 바둑이가 재채기를 하며 깼다고 보는 게 맞잖아?

안 그래?

[?!?!?!]

페이는 그렇게 생각하지 않은 것 같지만.

비록 바둑이가 날카로운 이빨을 드러내며 으르렁거리거나 수채화에 등장해도 이상하지 않을 본모습으로 변하지는 않았지만, 잘 자고 있었는데 남이 깨워서 심기가 불편해졌다는 사실은 페이도 눈치챘을 거다.

[이러는 게 어딨음?!]

안 그랬다면 조금 전까지만 해도 못으로 삼으려고 했던 내게 달라붙어서 도와 달라고 메달릴 리가 없으니까.

나는 그런 페이의 머리에 손을 얹으며 말했다.

"잡았다."

[지금 그게 중요함?!]

페이가 발을 동동 구르며 양 갈래 머리카락을 빙글빙글 돌렸다. 나는 다급해진 페이의 머리를 꾹 누르고는 앞발로 코를 쓱쓱 비비고 있는 바둑이를 보며 말했다.

"미안해, 바둑아. 사실 페이가 아니라 내가 그런 것 같아."

"……도련님이요?"

"응."

내 말을 들은 바둑이가 잔뜩 부풀어 오른 털을 가라앉히고 엉덩이를 땅에 댄 채 고개를 갸웃거리며 말했다.

"정말 도련님이 하신 거 맞아요?"

나는 일부러 머리를 긁적이며 말했다.

"그게, 나도 처음엔 페이가 한 줄 알았거든. 그런데 생각해 보니 나 때문에 바둑이가 깬 것 같아."

"그런 문제가 아니지만……."

바둑이로서는 드물게 말을 흐렸지만 그것도 잠깐이었다.

이상하게 평소보다 잠이 부족해 보이는 바둑이가 늘어지게 하품을 하고서는 다시 집 안으로 들어가 몸을 웅크리며 눈을 감았다.

"주인님이 계시니까 괜찮…… 쿠울……."

빠르구나, 바둑아.

잠에 드는 것조차.

하지만 그 덕분에 페이는 안도의 한숨을 내쉬며 글을 쓸 수 있었다.

[도와줄 거면 처음부터…….]

"이 띨띨이."

그리고 그 글은 아야가 불러낸 여우불에 다시 연기로 흐트러졌다.

"조금 전에 저 영악이가 썼던 언령, 기억 안 나?"

[아.]

나를 올려다보는 페이의 시선이, 옛날 자신이 소꿉친구에게 배신당했다고 오해하던 그 시절의 것으로 변했다.

쳇, 잘 넘어갈 수 있었는데.

아야가 산통을 깨 버렸군.

[날…… 속였어!! 잘도 속였다고오오오오!]

여기까지 온 이상 무슨 변명을 하리오. 나는 그저 배신감에 두 주먹을 불끈 쥐고 부들부들 떠는 페이의 어깨를 한 손으로 툭툭 치며 말할 수밖에 없었다.

"잘 들어라, 애초에 기대를 하니까 배신을 당하는 거다. 기대를 하지 않으면 배신당할 일도 없지."

그 모습을 보고 있던 에이가 살짝 질린 표정을 지으며 말했다.

"……너희들, 다 미친 것 같아."

술래라는 공공의 적을 통해 에이의 사회성을 기르려고 했

날 속였어!!

던 얼음땡이었지만, 다른 의미로 에이에게 좋은 영향을 준 것 같다.

왜, 그런 거 있잖아.

자신이 이 동네에서 가장 미친놈인 줄 알았는데, 주변에 자신보다 더 돌아 버린 놈이 있으면 충격받고 정신을 차리게 되는 그런 거.

“아우우우, 이번에는 아니라고 할 수 없는 거예요.”

이상하긴 하지만, 그나마 공감대를 형성했다는 점에서 위안을 삼아야 할까.

“어, 언제나 이렇게 노는 것은 아니니라.”

아니면 삐질삐질 식은땀을 흘리며 변명 아닌 변명을 하는 랑이를 보면서 위안을 삼아야 할까?

“자, 그러면.”

결론은 둘 다 아니다.

지금의 나는 술래니까. 그렇기에 이 상황에 만족하기보다는 새로운 먹잇감을 노려야겠지!

“다시 간다!”

그렇게 3분 후.

“헉, 헉, 헉, 헉.”

나는 후들거리는 무릎에 손을 대고 힘겹게 호흡을 골라야만 했다. 찬바람이 부는 것이 무색하게, 등에는 땀이 줄줄 흐르고 머리 위로는 하얀 김이 모락모락 피어오른다.

그 후로 나는 한 명도 잡지 못했다.

아니, 오히려 아이들에게 철저하게 농락당하다가 페이까지 놓치게 되는 수모를 겪어야만 했다.

"키히힝, 이제 그만 포기하는 게 어때, 이 거북아?"

"아야야, 그렇게 말하면 안 되느니라. 성훈이도 열심이지 않았느냐?"

"……오라버니를 가장 괴롭힌 랑이가 할 말은 아닌 거예요."

[그건 인정.]

"으냐앗?! 그, 그게 무슨 말이느냐?! 내가 성훈이를 언제 괴롭혔다고!"

"무슨 말이야? 보는 나도 속이 시원할 정도로 가지고 놀았으면서. 꺄하하핫~♥ 너희들, 사실 재한테 쌓인 거 많지?"

[""""……""""]

"……어, 진짜? 좀 깬다."

그에 반해 아이들은 농담을, 아무튼 농담이다.

농담을 주고받을 정도로 여유로웠다.

아니, 이게 말이 돼?! 아무리 정정당당하게 쫓아다녔다고 해도 한 명도 채 못 잡는 게 말이 되냐고! 언령으로 신체 강화도 했는데!!

굴욕이야! 세계사 교과서에 실려도 이상할 게 없는 강성훈의 굴욕이다!

랑이는 내 손에 안 닿으면 된다는 걸 이용해서 볼에 뽀뽀를 하고 도망치지를 않나!

내 위에 목마를 탔다가 손을 뻗어 잡으려고 하니까 뒤로 굴러떨어지더니 슈퍼히어로 랜딩 자세를 취하기까지 했다!

랑이만 그런 것도 아니다.

아야는 여우불로 환영을 만들어 나를 가지고 놀았다. 있는 힘껏 쫓아서 잡았더니 환영이었던 건 다행이지. 아야의 환영인 줄 알고 지나쳤더니 뒤에서 내 엉덩이를 때리고 키히힝 웃으며 도망칠 때는 속에서 열불이 났다고!

그러는 와중에 풀려난 페이는 이때다 싶었는지 내가 언령을 쓰려고만 들면 검은색 반창고를 내 입에다 날리고! 그걸 또 떼고 달려드니까 이미 팔을 날개로 변화시킨 치이가 날아와서는 페이를 껴안고 하늘로 피하기까지 했다!

그렇다고 우리 집 최약체인 에이를 잡을 수도 없었다. 천하에 둘도 없는 바보라 해도 두 번이나 잡히니까 경각심이라는 걸 가지게 됐거든.

결국 나는 기진맥진한 채로 마당을 주먹으로 내리치며 외치고 말았다.

"너희들, 진짜 너무한 거 아니냐아아아아!!"

그것은 무시무시한 요괴에게 장난감 취급을 당한 인간의 절규 그 자체였다.

그러나.

"아우우우? 하지만 이래야 하는 거 아닌가요?"

치이는 진심으로 내 반응을 이해 못 하겠다는 듯 고개를 갸웃거렸다.

[그러함.]

페이도 치이의 말이 맞다는 듯 팔짱을 끼고서는 고개를 끄덕였고.

[성훈이 먼저 언령 썼잖슴? 우린 거기에 맞춰 줬을 뿐임.]

언령을 쓰려고 할 때마다 내 입에 반창고를 거미줄처럼 날린 녀석이 쓸 글이냐, 그게!!

"으냐아…… 우리가 조금 지나친 것 같긴 하지만, 이래야 성훈이에게 도움이 될 것 같아서 그랬느니라."

그나마 랑이가 내 눈치를 살피며…….

아니, 잠깐. 지금 랑이가 뭐라고 그랬지? 그러고 보니 치이의 반응도 뭔가 이상했는데?

"뭐래, 호~좁이♥ 억울하면 이기면 되는데. 안 그래? 응? 꺄하하핫♥ 호~좁~! 호오오~좁!"

어떻게든 말을 돌려서 나를 허접이라 부르는 그 끈기만은 인정해 주고 싶지만, 넌 나중에 두고 보자.

지금은 랑이가 한 말이 신경 쓰이니까.

내가 눈에 힘을 주자 에이가 움찔하고 랑이의 뒤에 숨었다. 랑이는 순간 당황했는지 몸을 움찔 떨었지만, 이내 안심하라는 듯 에이의 머리를 쓰다듬어 줬다. 그 모습을 한심하게 보던 아야가 고개를 돌려 내게 말했다.

"크응, 왜 그렇게 보는데? 설마 우리가 눈치 못 챘을 거라고 생각한 거야, 이 성실아? 그 정도는……."

"응? 무슨 소리야? 쫌생 오빠한테 계획이라니? 저 멍청한 얼굴 좀 봐. 푸흡, 완전 웃겨. 저게 어딜 봐서 계획 같은 걸 세울 만한 사람이야?"

아야는 고개만 쏙 내민 채 자신에게 물어보는 에이를 보고는 깊은 한숨과 함께 인상을 찌푸리며 말했다.

"……띨띨이는 가만히 있어."

"띨띨이? 지금 나보고 띨띨이라고 했어? 이 털북숭이가!"

"터, 털북숭이?! 캬아앙!! 지금 나보고 털북숭이라고 한 거야?!"

지금까지 단 한 번도 들어 본 적 없는 폭언에 아야의 꼬리가 새빨갛게 물들었다. 허나, 에이는 지금 자신이 털을 고르던 여우에게 흙탕물을 끼얹었다는 사실도 모르고 피식피식 웃음을 흘리며 말했다.

"왜 그렇게 화를 내? 내 말 맞잖아. 응, 응. 그렇게 부들부들하고 폭신한 털을 가지고 있으니까 털북숭이. 꺄하하핫, 내가 생각해도 진짜 잘 어울리는 별명이란 말이야? 그렇지? 응?"

"캬, 꺄응?"

그 말에 아야는 어찌 반응해야 할지 몰라 당황하는 기색을 보였다.

털북숭이를 나쁜 뜻으로 말한 건지, 좋은 뜻으로 말한 건지 헷갈리는 거겠지.

그리고 그 모습을 보며 랑이와 치이와 페이는 보는 사람의 마음이 따듯해질 것만 같은 미소를 지었다.

비록 사람과 사람 간의 첫 만남이 최악이라고 한들, 그 끝까지 최악일 필요는 없다는 것을 증명하듯이.

하지만.

하지만!!

지금 중요한 건 그게 아니야!

지금 중요한 건 이런 훈훈한 광경이 아니라고!!

그래! 아이들과 함께 놀면서 에이에게 사회성의 중요성을 간접적으로 가르쳐 준다거나! 그러면서 우리 집 아이들과 에이 사이에 파인 감정의 골을 메운다거나! 아이들과 놀면서 언령을 쓰는 것에 좀 더 익숙해진다거나!

그런 건 지금 중요하지 않다!

그래! 중요하지 않아! 이대로 가면 내가 패배자로 남을 거라는 게 더 중요하지!

덤으로 아이들이 뭘 시킬지 모르는 소원권까지 풀게 생겼다!

그럴 순 없어! 이대로 난 무너질 수 없다! 시간이 얼마 안 남은 것 같지만, 난 포기하지 않는다!

그렇습니다.

상대가 어린아이들이라 할지라도 진심으로 지기 싫어하는

인간, 그것이 저인 것입니다.

그렇기에 나는 기회를 노렸다.

아이들이 모두 방심하고 있던 이 순간.

얼음땡을 시작하기 전 준비했던 함정이 발동했다.

삐삐삐삐삐삐!!

휴대폰 알람이 울린 거다.

약속한 10분에서 2분이 남은 순간에.

"아우우우? 그거, 시간 맞춰 두신 건가요? 벌써 10분이 다 된 거예요?"

하지만 아이들은 그 사실을 모른다.

그래. 내가 10분에 맞춰 알람을 설정해 놓았다고 생각한 거지!

[나의…… 승리다!]

"페이야, 이럴 때는 우리의 승리라고 하는 게 낫지 않겠느냐?"

"꺄하하핫, 저거 격투 게임 주인공의 승리 대사잖아. 어떻게 그런 것도 몰라?"

"……크응, 요괴가 그런 걸 아는 게 더 이상한 거 아냐?"

보아라!

아이들은 이미 화기애애한 분위기 속에서 자신들의 승리를 자축하고 있다.

아직 1분 30초라는 시간이 남아 있는데도 불구하고!

하지만 현실을 볼 필요가 있다.

아이들이 승리를 확신하고 방심하고 있다고 하나, 내가 지금까지 벌여 온 일 때문일까.

나와의 거리는 여전히 유지하고 있다.

이런 상황에서 내가 무작정 덤벼 봤자 지난 8분 동안 있었던 일의 반복이겠지.

하지만 나는 포기하지 않았다.

"……응?"

그런 내 마음을 느끼기라도 했는지, 랑이가 꼬리털을 부풀리며 뒤로 물러났다.

"잠깐, 다들 조심하거라. 뭔가 성훈이의 분위기가 달라졌느니라."

"갑자기 무슨 소리야? 겁도 많아서, 푸흐흐흡. 이제 다 끝났는데 쫌생 오빠가 뭘 할 수 있다고 그래? 안 그래? 응? 패배자~ 인생 패배자~♥"

남은 시간은 1분.

하지만 충분하다. 충분하고도 남는다.

잠깐이나마 휴식을 취한 덕분에 마지막 힘을 짜낼 만한 여유가 생겼다.

무엇보다 나를 내려다보며 입가를 가리고 웃는 에이의 건방진 모습! 저 건방진 꼴을 보니까 내 가슴이 활화산처럼 뜨거워졌거든!!

내가! 무슨 일이 있어도! 저 자식은 잡고 만다!

[뭔가 위험함! 조심!]

그런 내 각오가 눈빛에 드러난 걸까.

페이가 가장 빠르게 움직였다.

내가 언령을 쓸 거라 예측한 페이는 정확히 내 입을 향해 검은색 반창고를 던졌다.

그야말로 정공법이었고, 그렇기에 예측할 수 있었다.

나는 오른팔을 희생해 반창고를 막아 내고서 숨을 크게 들이쉬었다.

"캬아앙!"

하지만 아야가 일으킨 여우불이 주변의 공기를 태운다. 순간 들이마실 공기 자체가 사라져 숨이 턱 막혔지만, 늦었다. 내가 지금 말하려고 하는 단어는 단 두 음절.

그를 위한 호흡은 이미 끝난 지 오래다.

내 폐가 다칠지도 모른다는 걱정에 화력을 조절한 게 네 패인이다, 아야야!

나는 입을 벌렸고, 랑이가 코앞에서 다급히 손을 뻗었다.

그래, 랑이야.

너라면 나를 막기 위해 직접 움직일 거라고 생각했어.

하지만 그 또한 늦었다.

발 없는 말이 호랑이보다 빠르다는 말도 있잖아?

……없었나?

마지막의 마지막에 엉뚱한 생각을 하며 나는 **아이들**을 향해 외쳤다.

"얼음!!"

그 순간.

언령을 통해 내 안에 가득 차 있던 무언가가 휘몰아치는 격류처럼 기도(氣道)를 타고 빠져나가는 것을 느꼈다.

아니, 보았다.

마치 페이가 쓰는 요술처럼, 내가 쓴 언령이 그 뜻을 알 수 없는 상형 문자로 변해서 아이들에게 날아가는 것이 똑똑히 보였다.

그것은 아이들 중 가장 가까이 있는 랑이를 덮쳤고!

[■■■■■■■■■■■■■■■■■■■■■■■■■!!]

기겁한 랑이가 거센 포효를 터트렸다!

산천을 뒤흔드는 포효와 맞붙은 문자는 그 존재가 흐릿해졌지만 그것도 잠시.

이내 더욱 선명해져서 랑이를 노렸다!

마치, 죄인을 옭매려는 쇠사슬처럼.

"크허엉!!"

하지만 랑이는 호랑이였다.

산중의 왕. 모든 요괴들의 왕이었던 자.

태초의 혼돈에서 태어난 누구보다 강력한 대요괴.

환인의 아들이 직접 봉인해야 했던 대요괴가 발톱을 꺼내 그 문자를 갈가리 찢어발겼다.

더 이상 문자의 형태를 유지하지 못하게 된 내 언령은 그렇게 연기처럼 사라져 버렸다.

……세상에, 내가 지금 뭘 본 거지?

내 이해를 벗어난 상황에 두 눈만 휘둥그레 뜨고 있는데, 식은땀에 머리카락이 이마에 달라붙어 버린 랑이가 숨을 몰아쉬며 말했다.

"지, 지금 뭘 한 거야, 성훈아? 내가 사, 살아오면서 이렇게 무서운 요술은 처음 봤어!"

말투를 바꾸는 것까지 잊어버린 걸 보니 정말 놀란 것 같다.

하지만 나도 놀라기는 마찬가지라 입이 안 떨어졌다.

내가 쓴 언령이 눈에 보이게 변한 것도, 그걸 랑이가 물리적으로 찢어 버린 것도, 모든 게 다 내 이해를 벗어난 일이거든.

그나마 나는 소희가 있던 세계의 랑이가 보여 줬던 신위를 기억하고 있기에 빠르게 냉정을 되찾을 수 있었다. 그 이상한 공간도 갈라 버린 랑이인데, 저 알 수 없는 문자를 찢는 것 정도야 놀랄 일도 아니잖아?

그렇게 그 누구보다 냉정을 되찾은 내가 가장 먼저 한 것은, 손을 뻗는 것이었다.

랑이가 바로 내 앞에 있었으니까.

언령이 눈에 보이게 변하든 그걸 랑이가 찢어 버리든 그게 무슨 상관이냐! 어차피 언령은 아이들을 잡기 위한 수단일 뿐이었다!

과정이야 어쨌든 결국 내가 원하는 결과에 도달했다. 그렇다면 남은 건 눈앞에 있는 승리의 과실을 취하는 것뿐!

"……어?"

하지만 움직이지 않았다.

몸이 움직이지 않는다.

목 아래가 조금도 움직이지 않아!

마치 몸이 꽁꽁 얼어붙은 것처럼!

왜, 왜 이러지?

어, 잠깐.

설마 내가 쓴 언령이 랑이한테 찢긴 반동으로 몸이 안 움직이는 거야? 지하 감옥에서 겪었던 일을 생각하면 아무래도 그게 맞는 것 같은데?

만약 그렇다면 큰일이다!

……혹시나 해서 말해 두는데, 얼음땡에서 지게 생겼다는 것 때문이 아닙니다.

진짜로!

이 상황을 어떻게 잘 이용하면 이길 수 있겠다는 생각은 했지만!

지금 당장은 누가 봐도 자업자득, 인과응보로 몸을 꼼짝도 못 하게 된 내 상황을 알게 되면 랑이가 자신의 탓이라고 책망할지 모른다는 게 중요하다.

그렇기에 나는 최대한 마음을 다스리면서 평소와 같은 태도로 여전히 혼란에 빠져 있는 랑이에게 조심스럽게 말했다.

"저기, 랑이야. 일단 심호흡, 심호흡부터 해 봐."

그제야 내가 쓴 언령에 혼란스러워하던 랑이가 가슴에 손을 얹고 후우우우~ 크게 숨을 들이마시고 하아아아~ 숨을 내쉬었다.

……랑이의 뒤쪽으로 다 같이 심호흡을 하는 아이들이 보였지만 그건 일단 넘어가고.

나는 눈에 총기가 돌아온 랑이에게 말했다.

“지금부터 내가 하는 말을 듣고 너무 당황하지 마. 알겠지?”

“으, 으냐앗? 갑자기 왜 그러느냐, 성훈아? 무섭느니라.”

하지만 그것도 잠시.

랑이는 불안한 듯 꼬리털을 부풀렸고, 나는 최대한 내 상황을 돌려서 말했다.

“몸이 안 움직여! 빨리 세희 좀 불러 줘! 최대한 빨리!”

무리였지만요!

“……으냐앗?”

하지만 내 영혼의 외침을 들은 랑이는 머리카락으로 물음표를 만들며 아리송하다는 듯 고개를 좌우로 갸웃거리며 말했다.

“거짓말은 아닌 것 같은데…… 정말이느냐, 성훈아?”

내 걱정 물어내라, 이 녀석아.

아무래도 랑이는 내가 온 힘을 다해 쓴 언령 때문에 경계를 하는 것 같다. 그만큼 내가 승부에 진심이라는 걸 피부로 느꼈으니까.

하지만 내가 진심으로 곤란해하는 것 역시 전해졌는지, 이래야 할지 저래야 할지 갈피를 못 잡고 있는 것 같다.

“푸흡~!”

누구와는 다르게.

"당연히 거짓말이지. 조금 전에 이상한 짓을 하려던 거 잊었어? 응? 꺄하하핫! 그래도 네가 속아서 잡히면 웃기긴 하겠다. 아, 그러면 **우리**도 지는 거지? 괜한 짓 말고 빨리 이쪽으로 와, 빨리."

넌 내가 움직일 수 있게 되면 곤장 들고 찾아가 주마!

"아니, 진짜라니까! 몸이 진짜 안 움직인다고!"

내 영혼을 다한 외침에 멀리서 이쪽을 보고 있던 치이가 고개를 끄덕이며 말했다.

"아우우우, 아무래도 거짓말은 아닌 것 같은 거예요."

[성훈이 연기를 못하긴 함. 하지만 이게 장난이라면?]

"크응? 그게 뭐가 다른 건데?"

[굴리는 주사위가 달라짐.]

"……무슨 소리인지 모르겠는 거예요."

"……분명 게임 이야기일 거야, 저 방구석 폐인."

결국 난 참지 못하고 말했다.

"야! 나 지금 엄청 심각하거든? 애초에 내가 움직일 수 있으면 당황하고 있는 랑이부터 잡았겠지!"

그 말을 들은 랑이가 나와 아이들을 번갈아 보더니 고개를 끄덕이고서는 가까이 다가와 내 손을 잡으며 말했다.

"진짜였구나, 성훈아. 그래도 걱정 말거라. 무슨 일인지는 모르겠으나 내가 네 옆에 있으니 괜찮으니라."

아…….

랑이의 따스한 격려와 온기에 마음속의 불안감이 눈 녹듯이 사라졌다.

그래, 랑이가 내 옆에 있는데 큰일이야 있겠냐.

언령의 부작용 같은 건 전에도 겪어 봤잖아? 지금도 금방 괜찮아질 거다.

그렇게 생각하자 마음이 편안해지고…….

"고마워, 랑이야. 덕분에 안심이 되네."

내 마음속에 가둬 두었던 녀석이 고개를 들었다.

"그런데 너, 지금 나하고 손 닿았다."

은혜도 모르는 검은 머리 짐승이 말이야.

"……으냐아?"

내 말을 이해할 수 없었는지, 랑이가 머리카락으로 물음표를 만들었다.

그 뒤로 페이가 두 눈을 크게 뜨고 입을 떡 벌리는 모습이 보였고, 아야는 꼬리만큼이나 붉어진 얼굴을 두 손으로 가렸다. 치이가 나를 경멸에 찬 눈빛으로 노려봤고, 에이는 아이들과 나를 번갈아 바라보며 당혹스럽다는 표정을 지었다.

그리고.

"성훈이는……."

이제야 내가 한 말의 뜻을 이해한 랑이가 두 볼이 탱탱하게 부풀어 오를 정도로 격한 감정을 드러내며 외쳤다.

"성훈이는 바보이니라!!"

두 번째 이야기

"……그렇게 됐어."

내 이야기를 모두 들은 세희는 두 눈을 지그시 감은 채 하늘을 올려다본 뒤, 깊은 한숨을 쉬고서 관자놀이를 손가락으로 꾹 누른 뒤에야 어렵사리 입을 열었다.

"주인님께 급히 드릴 말씀이 있어 바삐 돌아온 제게 새로운 골칫거리를 안겨 주시고는, 지금 그걸 변명이라고 하시는 겁니까?"

"변명이 아니라 사실이 그렇다니까."

손을 들어 얼굴을 쓸어내린 세희가 깊은 한숨을 내쉬며 말했다.

"혹시 주인님께서는 '미련한 자는 자신의 행동을 바른 줄로 여기나 지혜로운 자는 타인의 권고를 듣는다.'라는 잠언도 못 들어 보신 겁니까?"

"좋은 말 같긴 한데, 그게 지금 나하고 무슨 상관인데?"

"미련한 자 중에서도 두각을 나타내는 이는 타인의 권고를 듣고도 자신의 행동이 바른 것이라 고집을 부리며, 스스로를 정당화시키기 위한 발언이 변명이라는 사실도 모르는 자이기 때문입니다."

그게 나라는 거지?

"아니, 난 그냥 아이들이 잠깐이라도 멈추길 바라면서 언령을 썼고, 불리한 상황에서도 눈앞에 찾아온 기회를 놓치지 않았을 뿐이야."

세희가 미소를 지으며 두 눈을 감고는 고개를 끄덕인 뒤 말했다.

"이 쓰레기가."

세희는 봄기운이 느껴지는 화사한 미소와 직설적인 욕설이 참으로 어울리는 미인이었다.

그래도 내가 할 말은 없지.

머리가 차갑게 식고 나서 생각해 보니까, 내가 생각해도 정말 쓰레기 같은 짓을 하긴 했거든.

"안타깝지만, 저도 이번 일은 세희 님과 같은 생각이에요."

세희의 반대쪽에 서 있는 소희의 말에 나는 반박할 수 없었다.

저도 그렇게 생각하거든요.

아무리 그래도 선의로 내 손을 잡아 준 랑이한테 그런 말을 하는 건 선을 넘었죠.

암, 내가 지금 벌을 받고 있는 것도 이해가 된다.

"안 그래도 움직일 수 있게 되면 랑이한테 사과부터 하려고."

그렇게 말했는데도 세희와 소희의 눈빛은 여전히 날카로웠다.

아, 왜 그러는지 알겠다.

"당연히 얼음땡은 내가 진 거라고 말할 거다."

애초에 얼음땡은 이미 내 패배로 끝났을 거다.

시간을 확인하지 못했지만, 랑이가 내 손을 잡았을 때는 2분이 지난 지 오래였을 테니까.

시간을 확인하지 않았으니까 제 승리라고 우기는 방법도 있겠습니다만 그건 너무 추하니까요.

"후우……."

"하아……."

그제야 세희와 소희가 깊은 한숨을 쉬었다.

아무래도 두 녀석 다 여기서 확실하게 짚고 넘어가지 않으면 내가 사과는 사과고 승부는 승부라고 우길 줄 알았나 보다.

……아무리 그래도 제가 그러겠습니까.

…………그러고 싶은 마음이 굴뚝같지만.

그렇게 생각하고 있는 나를 향해 슬쩍 눈치를 준 소희가 말했다.

"얼음땡의 승패 여부는 차치하고, 아, 죄송해요. 승패 여부는 둘째치고, 지금 가장 큰 문제는 성훈 씨가 대상을 정하지 않고 마당에 계신 모든 분들을 향해 언령을 써 버리셨다는 거예요."

그게 뭐가 문제냐고 말하려다가, 나는 언제나 내가 깜빡하고 지내는 사실을 깨달았다.

워낙 우리 집 아이들이 귀여워서 까먹는데, 랑이와 아야, 그리고 다시 잠에 든 바둑이가 대요괴라는 사실을 말이다.

음, 대요괴 세 명에게 멈추라고 언령을 쓰다니.

내가 생각해도 멍청한 짓이었군.

"……급했거든."

최선을 다해 꺼낸 변명에 소희가 살짝 인상을 찌푸리며 말했다.

"이쪽에도 급할수록 돌아가라는 말이 있는 것으로 알고 있는데요, 성훈 씨."

맞는 말씀이십니다요.

그래서 난 눈동자만 움직여 소희의 기분을 살필 뿐이었는데…….

"후우……."

한눈에 봐도 지금 상황이 상당히 마음에 안 드는 눈치다.

"이건…… 제 실수네요. 성훈 씨에게 언령을 가르쳐 드리는 게 아니었어요. 성훈 씨의 성격이라면 이런 일이 일어날 수 있다는 걸 예상했어야 했는데 말이죠."

내가 잘못 생각했군.

이 상황이 마음에 안 드는 게 아니라 자신의 선택을 후회하는 거였다.

예상외의 반응에 나는 허둥지둥 입을 열었다.

"아니, 이건 내 잘못이니까 그렇게 생각할 건 없어."

"어른이 아이에게 날붙이를 건네주며 아무리 주의를 줬다고 한들, 그 날붙이 때문에 아이가 다치면 그건 어른의 잘못이에요."

야, 내가 너보다 나이가 많거든?

논 것도 아니고!

"아니, 그건 아이의 잘못입니다. 정확히 말하면, 그 아이가 주인님일 경우에 한해서 말이죠."

그런데 옆에서 세희가 슬쩍 반론을 꺼내 들었다.

소희가 날카롭게 노려봤지만, 세희는 가볍게 무시하고는 말을 이었다.

"소희 님께서는 아직도 그리 모르십니까? 주인님께서는 저희가 무슨 조언을 드린다 해도 어디서 개가 짖냐고 한 귀로 흘리신 뒤에 자신의 뜻을 펼치시는 분입니다."

"제가 보기에는 세희 님이야말로 성훈 씨에 대한 이해가 부족한 것 같은데 말이죠. 성훈 씨는 절대로 다른 사람의 충고를 헛되이 흘려듣지 않으시는 분이에요."

"진심으로 그렇게 생각하십니까? 정말로? 이 꼬라지, 실례, 꼬락서니를 보고도?"

세희가 손가락으로 나를 가리켰다.

"진짜로?"

자신의 주장이 틀렸다는 살아 있는 증거가 눈앞에 누워 있는 상황에, 소희는 분한 듯 입술을 굳게 닫고 두 주먹을 불끈 쥐었다.

제가 미안해서 드릴 말씀이 없습니다.

이 어색한 상황에서 벗어나고 싶어진 나는 어떻게든 화제를 돌리기로 했다.

"저, 저기, 그런데 말이다."

"뭡니까?"

나는 세희의 혐오로 가득 찬 시선을 참고 견디며 말했다.

"난 언제쯤 움직일 수 있냐?"

지금 나도 꽤 심각한 상황이니까.

그래.

내 몸은 여전히 굳어 있다.

마당에서.

엉거주춤한 그 자세 그대로.

아무리 착한 아이들이라 해도 내가 한 승리 선언에는 화가 났는지, 나 혼자 두지 말아 달라는 절규를 듣고도 손에 손을 잡고 방 안으로 들어갔거든.

뭐, 냥이가 쓰던 휴대용 난로를 들고 와서 내 주변에 두고 다시 들어간 걸 보면 화는 금방 풀릴 것 같지만…….

그렇다고 내 어정쩡한 자세가 풀린 건 아니다.

힘들어 죽겠습니다.

이런 불쌍한 처지가 된 나를 세희가 한겨울의 고드름보다 날카롭고 시린 눈으로 내려다보며 말했다.

"대요괴 중의 대요괴이신 안주인님과 그분의 세 번째 심복인 바둑이, 그 본연의 힘이 대요괴의 범주에 드는 아야 님, 그리고 앞으로 봐도 평범하고 뒤로 봐도 평범한 힘을 가진 잡요괴 셋에게 자신의 뜻을 강제하는 언령을 쓴 덕분에 얼어붙은 동태 새끼가 돼서도 은혜로우신 안주인님의 뒤통수를 칠 생각만 가득한 짐승만도 못한 놈이 지금 뭐라 짖으신 겁니까?"

너야말로 그게 지금 할 소리냐?

나나 에이야 그렇다 쳐도 치이와 페이까지 그렇게 말하는 건 좀 아니잖아?

그렇게 말하고 싶었지만, 그보다 먼저 소희가 세희의 말을 이어 말했다.

"일본이라는 나라에 이런 상황에서 쓰기 좋은 말이 있더라고요. 남을 저주하려면 구멍을 두 개부터 파라. 그리고 미국의 유명한 만화에는 이런 명대사가 있어요. 큰 힘에는 큰 책임이 따른다."

……누가 세희 아니랄까 봐, 너도 그런 거 좋아하는구나. 이제 얼마 안 가면 세희와 함께 서브 컬처 전반에 걸친 농담을 주고받는 걸 볼 수도 있겠어.

내 시선에 담긴 뜻을 읽은 걸까. 차분히 입술을 벌리던 소희는 얼굴을 붉히고서 다급히 말했다.

"오해하지 말아 주셨으면 해요, 성훈 씨. 어디까지나 취미가 아닌 정보 수집 목적으로 아주 살짝 살펴보았을 뿐이니까요."

옆에 있던 세희가 강 하나를 사이에 두고 이리 와~ 이리와~ 하며 손짓하는 건 못 본 거로 하자.

“그래서 지금 내가 손가락 하나 못 움직이게 된 건 내 언령이 아이들한테 통하지 않았기 때문이라는 거지?”

“정확히 말씀드리자면 안주인님께서 주인님의 언령을 파훼시켰기 때문이라 할 수 있겠지요.”

일부러 말을 돌린 보람도 없군.

그나마 다행인 건 지금 마당에 세희와 소희, 그리고 집 지키는 바둑이밖에 없다는 거다.

나래와 성의 누나, 그리고 성린이 아직 화가 풀리지 않은 아이들을 대신해서 내 옆을 지키려고 했지만 세희가 막아섰거든.

언령과 관계된 일이라는 이유로 말이야.

내 생각에는 다른 사람들의 눈치를 보지 않고 나한테 한 소리 하기 위해서인 것 같지만.

“무슨 생각을 하시는 겁니까, 주인님? 제 마음에 언짢은 일이 생기면 한 소리만으로 끝날 것 같습니까?”

“이렇게 자리를 마련한 건 다른 분들의 눈이 없는 상황에서 성훈 씨에게 입에 쓴 말을 하기 위해서가 아니에요.”

내 생각은 세희와 소희에게 공공재임이 틀림없다.

그렇게 내 사고 패턴이 단순한 건지, 세희들의 머리가 좋은 건지는 잘 모르겠네.

“그러니까 지금은 저희 말에 집중해 주세요, 성훈 씨.”

살짝 가라앉은 진지한 목소리에 나는 눈동자를 돌려 소희를 빤히 바라보았다.

소희의 검은 눈동자를 빠아아아아안히 말이야.

소희의 볼이 점점 빨개지고 있습니다. 결국 살짝 시선을 돌리며 오른손으로 부채를 꺼내 펼치는군요.

귀여워라.

"이도 저도 아닌 자세로 전신이 마비된 상황에서 러브코미디를 찍으시는 주인님의 굳건한 의지와 강철 같은 욕망은 존경스럽습니다만, 슬슬 화가 가라앉은 대신 주인님에 대한 걱정이 고개를 들고 있을 분들을 위해 이야기를 본론으로 되돌리겠습니다."

"그, 그래요."

"어, 응."

잠시 숨을 고른 뒤.

세희가 말했다.

"먼저, 주인님의 몸이 얼어붙은 달그림자처럼 된 것은 말씀드렸다시피 안주인님께서 주인님의 언령을 강제로 파훼하셨기 때문입니다."

"하지만 그것뿐이라면 지금처럼 반동이 심하지는 않았을 거예요. 성훈 씨와 랑이 님, 그리고 다른 분들의 마음은 이미 그 통로가 이어졌던 적이 있으니까요."

"주인님께서 안주인님과 다른 분들을 해치려는 의도로 언령을 쓴 것이 아니라는 것도 주요하겠지요."

"그럼에도 불구하고 성훈 씨는 스스로 쓴 언령에 아직까지 속박되어 계시죠. 지금까지도 말이에요."

"이는 주인님이 쓰신 언령에 당신께서 생각하신 것 이상의 힘이 담겨 버렸기 때문입니다."

"만약 그 언령을 쓴 게 저였다면 이런 일은 벌어지지 않았을 거예요. 이곳의 랑이 님 역시 대요괴 중의 대요괴. 그런 분을 한 명의 인간이 옭아매는 것은 언령으로는 불가능한 일이라고 생각했을 테니까요. 언령은 어디까지나 마음에서 비롯된 힘을 기반으로 쓰는 주술이지, 마음에서 비롯된 힘이 아니라는 점을 잊지 말아 주세요."

"하지만 주인님께서는 이미 당신의 마음을 온전히 드러내는 것으로, '나는 어린애라도 가능. 아니, 오히려 대환영.'이라고 세상에 외치신 분. 그런 대범한 시야를 가지신 분에게 저희가 가지고 있는 상식은 가볍게 뛰어넘을 수 있는 사소한 문제였을 겁니다. 지금까지 그러했듯이."

"그렇다 한들 아무리 뛰어난 검사라도 두부로 강철을 벨 수는 없죠. 하지만 성훈 씨는 언령이라는 이름의 두부로 강철이라는 이름의 대요괴 분들을 통제하려고 했고요."

"그 결과, 주인님의 마음에서 비롯된 힘이 두부처럼 물렁물렁한 언령의 성질을 변화시킨 것으로 보입니다. 예를 들자면, 그렇군요. 이대로는 강철을 벨 수 없다는 것을 알게 되자 두부를 RPG-7의 탄두로 바꿔 버렸다고 생각하시면 편할 겁니다."

"……RPG-7이 무엇인지는 아직 모르겠지만, 그 결과로 성훈 씨가 쓰신 언령은 목소리의 형태를 변화시켜 결국 실체화까지 이루어졌어요. 눈에 보이는 것과 보이지 않는 것, 만질 수 있는 것과 만질 수 없는 것. 개념적인 측면에서 전자가 압도적으로 강한 힘을 가지고 있는 것처럼 보이잖아요? 그렇게 성훈 씨의 언령은 다른 분들과 격(格)을 맞추는 데 성공했어요."

"하지만 그로 인해 안주인님께서는 '너를 움직이지 못하게 하고서 내 마음대로 가지고 놀겠다!'라는 주인님의 사악한 심성이 가득 담긴 언령을 육안으로 확인하고 개입하실 수 있게 되셨습니다."

"……아까부터 계속 마음에 안 드는 예시만 나오고 있지만, 계속 설명해 드리자면, 그래요. 랑이 님은 당신의 자유를 억압하려는 언령이 눈에 보이고 손으로 접할 수 있게 된 것으로, 나는 이런 건 싫다, 고 자기주장을 하실 수 있게 된 거죠."

"아무리 죽고 못 살 정도로 서로 사랑하는 주인님과 안주인님이라 하더라도 마음속 깊이 간직한 특이한 성적 취향을 상대에게 강요하는 것은 잘못된 일입니다."

"……그러니까 꼭 그렇게 말씀하셔야 하는지는 정말 모르겠지만, 틀린 이야기는 아니에요. 제가 그런 방식의 사랑을 부정하는 건 아니지만…… 잠깐, 지금 일부러 화제를 엇나가게 만드신 거죠?"

"소희 님이 자신의 취향을 고백할 기회가 무산된 건 어찌 되었건, 주인님께서는 안주인님의 자기주장에 대한 반동으로 소금 기둥이 되어 버린 것입니다."

"……1리터의 물과 1리터의 얼음으로 맞았을 때 결과가 다른 것처럼 말이죠."

"여기까지는 이해가 되셨습니까?"

뭔가 중간에 이상한 게 껴 있긴 했지만, 숨 쉴 틈도 없이 이해하기 힘든 말을 쏟아 낸 세희와 소희가 나를 보았다. 그 시선을 보고 있자니 수업 시간에 자신이 가르쳐 준 내용을 제대로 이해하고 있는지 내게 물어봤던 담임 선생님이 떠올랐다.

이내 절레절레 고개를 젓는 것까지 똑같네.

선생님, 잘 지내시죠?

저는 그럭저럭 잘 지내고 있습니다.

"뭐라 말씀이라도 해 보시지요, 주인님."

"어려우셨다면 조금 더 이해하기 쉽게 설명해 드릴게요, 성훈 씨."

눈앞에 '세희어'가 총알처럼 오가는 경험은 한 번이면 족하다. 나는 최대한 머리를 굴려 조금 전까지 들었던 세희와 소희의 이야기를 내 식대로 정리한 뒤 말했다.

"그러니까 결국 내가 쓴 언령이 평소보다 힘이 강하게 실린 바람에 눈에 보이게 됐고, 그걸 본 랑이가 깜짝 놀라서…… 파훼라고 했나? 어쨌든 눈에 보이게 된 힘센 언령을 찢어 버려서 이렇게 됐다는 거잖아."

이해한다.

나라도 갑자기 랑이가 밧줄을 들고 찾아와서 꽁꽁 묶으려고 하면 일단 피하고 볼 테니까.

내가 지금 이해가 안 되는 건 따로 있다.

"거기까진 알겠어. 하지만 내가 지금 이해가 안 되는 건 너희 둘이 왜 이렇게 이 일을 자세히 설명해 주는지, 그 이유를 모르겠다는 거야."

모르면 물어봐야죠.

그런데 세희와 소희의 반응이 조금 이상하다.

"……하아."

세희는 깊은 한숨을 쉬고는 고개를 들어 먼 산을 바라보았고.

"……알고는 있었지만 실제로 겪어 보니 그 느낌이 확실히 다르네요."

소희는 인상을 찌푸렸다.

이내 부채로 가리긴 했지만.

범인, 그러니까 평범한 사람인 나는 모르겠지만 천재인 세희와 소희에게는 조금 전에 있었던 장황한 설명이 내가 꼭 이해해야 할 일이었나 보다.

"알았어. 잠깐만 기다려 줘."

나는 이미 가물거리기 시작한 세희와 소희의 설명을 조금이라도 기억하기 위해 애쓴 뒤.

생각이 어느 정도 정리가 된 후 말했다.

"너희들이 열심히 설명해 준 건 대충 외웠으니까, 나중에 생각해 볼게."

지금은 생각에 집중할 만한 상황이 아니니까.

"그러니 일단 내가 언제쯤 움직일 수 있는지부터 알려 주면 안 될까?"

세희가 고개를 돌려 소희를 바라보았다. 소희는 세희의 시선에 고개를 가로저었다. 세희가 다시 한번 깊은 한숨을 쉬고는 내게 말했다.

"먼저 저희가 이번에 일어난 언령의 변화에 대해 열심히 설명해 드린 것은, 주인님께서 언령으로 언령이 지닌 주술적 한계를 뛰어넘는 일을 벌이시는 경우에 지금처럼 언령이 가진 성질이 변화하여 주인님께 큰 위험이 될 수 있다는 경고를 드리기 위해서였습니다."

"오……."

세상에! 세희가 자신의 의도를 이렇게 친절하게 이야기해 주다니! 그것도 나를 걱정해서!

내일은 해가 서쪽에서 뜨려나?

"아무리 저라 해도 주인님과 안주인님의 목숨이 걸린 일에 저울질은 하지 않습니다."

세희가 휴대용 난로를 멀리 떨어뜨리고 그 자리에 얼음덩어리를 내려놓는 걸 본 나는 퍼뜩 정신을 차리고 사과했다.

"미안."

하긴, 언젠가는 내가 대요괴를 상대해야 할 때가 올 거다. 다른 대요괴와 싸울 때 언령이 지닌 힘의 한계 이상의 것을 바라다가 지금과 같은 일이 벌어지면 큰일이 나겠지.

그렇다면 대요괴를 상대로 어떻게 언령을 쓰는 게 가장 좋은 방법일까?

"또한."

그에 대한 답은 조금 나중에 찾아야겠다.

세희가 얼음을 치우고 난로를 제자리에 돌려놓으며 입을 열었으니까.

"이번 일로 혹여나 주인님께서 안주인님께 섭섭한 감정을……."

"아니, 그건 정말 쓸데없는 걱정이고."

내가 중간에 말을 잘랐는데도 세희는 언짢아하는 기색 없이 입가에 미소를 그리며 고개를 끄덕였다.

"흠흠."

그 모습을 복잡한 표정으로 보던 소희가 헛기침을 하고서는 내게 말했다.

"그러면 이제 성훈 씨가 언제 몸을 움직이실 수 있는지 말씀드려도 될까요?"

제가 가장 듣고 싶었던 이야기입니다.

내 몸이 내 뜻대로 움직이지 않는 건 정말 끔찍한 경험이니까.

정신이 멀쩡한 상태로 가위에 눌리는 것과 비슷한 느낌이라고 보면 된다.

내가 기대에 찬 두 눈을 반짝반짝 빛내며 올려다보자, 소희는 부채를 빠르게 접고서는 나를 가리키며 말했다.

"……죄송해요, 성훈 씨. 아무리 제가 성훈 씨를 사랑한다 해도 그렇게 뜨거운 눈으로 바라보시면 조금 부끄러워요."

소희의 말에 살짝 장난기가 솟은 나는 힘이 쭉 빠진 목소리로 말했다.

"부끄러워? 내가?"

아직 어리고 순진하며 경험이 부족한 소희는 어깨가 움찔 떨릴 정도로 깜짝 놀라서는 부채를 왼뺨에 대고서 말했다.

"아, 아니에요! 무슨 말씀이세요? 무슨 일이 있어도 제가 성훈 씨를 부끄럽게 생각할 리가 없잖아요? 그래요! 설령 성훈 씨가 피가 섞이지 않은 여동생의 속옷을 보며 즐거워하는 파렴치한에, 그 친구분의 스타킹 감촉을 얼굴로 느끼며 기뻐하는 변태라 해도 저는 성훈 씨를 부끄럽게 생각하지 않아요!"

"……."

순간 말문이 막힌 나를 내려다보며 소희가 미소 지었다,

그제야 나는 깨달을 수 있었다.

한 방 먹었구나.

몸이 자유로웠다면 손으로 이마를 짚었겠지만, 그럴 수 없었던 나는 입을 움직였다.

입술을 삐죽 내밀었다는 거지.

그 모습을 보며 인상을 찌푸린 세희가 말했다.

"귀엽지도 않은 주인님의 기이하고 괴이한 애교를 더 이상 보고 싶지 않으니 말씀드리자면. 주인님께서 지금 얼어붙은 동태 새끼처럼 되어 버린 건 당신께서 쓰신 언령이 제 역할을 다하지 못했기 때문입니다."

그건 나도 안다고 말하려던 순간.

"아."

내 머릿속에서 번개가 쳤다.

나는 지하 감옥에서 에이에게 언령을 썼을 때, 지금과 비슷한 일을 한번 겪었다.

내 몸이 내 몸처럼 움직이지 않고, 사고조차 제멋대로 뻗어 나갔지.

나는 그때 에이가 계약서에 사인을 하면 감옥에서 내보내 주겠다고 약속했으니까.

내가 지금 몸을 움직일 수 없는 건 아이들에게 썼던 언령 때문이다.

그때 내가 온 힘을 다해 외친 언령은, 얼음.

그 언령이 파괴되자 언령에 담긴 힘이 역으로 나를 꼼짝 못 하게 만들었다.

그렇다면 내가 움직일 수 있는 방법은 의외로 간단할지도 모른다.

"땡."

그래서 나는 그렇게 말했고.

"……."

"……."

여전히 꼼짝도 못 하는 나를 향해 할 말을 잃은 세희와 소희의 시선만이 소리 없이 닿았다.

"……이거 아니야?"

소희가 후우, 한숨을 쉰 뒤 말했고.

"맞긴 맞는데 말이죠……."

고개를 가로저은 세희가 이어받았다.

"얼음인 사람이 땡이라고 말하면서 자기 멋대로 움직이면 반칙이지 않습니까."

그렇죠.

내가 얼음땡이라는 놀이의 규칙 안에서 언령을 쓴 게 이런 식으로 영향을 받은 건가.

오늘은 언령에 대해 새로운 걸 많이 배우는걸?

"그러면 같이 얼음땡 했던 애들이 풀어 줘야 하는 거야?"

내 말에 세희는 내 어깨에 손을 올리고서 말했다.

"땡입니다."

그제야 몸이 움직였다.

우와아아앗!! 이제 좀 살 것 같네! 진짜 몸이 뻐근하고 힘들어서 죽는 줄 알았다고!

"가볍게 스트레칭이라도 하세요, 성훈 씨."

소희의 조언에 나는 아버지에게 배운 국민 체조를 시작했다.

온몸에서 뚜둑뚜둑 소리가 잘도 나는구나.

한창 스트레칭을 하며 관절을 푸는 내게 세희가 말했다.

"그러면 주인님께서도 자유를 되찾으셨으니 슬슬 본론으로……."

그때.

쾅!

무언가 박살 나는 소리와 함께.

"세희, 네 이녀어어언!! 어디 있느냐!!"

랑이에게 성질 한 스푼과 난폭함 세 스푼을 넣은 녀석의 목소리가 온 집 안을 뒤흔들었다.

나와 소희는 깜짝 놀라서 세희를 보았다.

오늘도 어김없이 뭔가 문제를 일으킨 세희의 입가에는 옅은 미소가 걸려 있었다.

* * *

냥이가 개최한 긴급 가족회의.

그 주체는 내 오른쪽에 앉은 세희였다.

그렇다고 나를 향한 아이들의 시선이 곱냐면 그건 또 아니지만.

평소라면 내 옆에 앉으려고 눈치 싸움을 벌이던 녀석들이 한마음 한뜻이 되어 내 맞은편에 앉아 도끼눈을 하고 있는 걸 보면 알 수 있지.

그나마 나래가 옆에 있어 줘서 심적으로 위로가 되는군.

그 나래가 내 쪽으로 상체를 숙여 특정 부위의 흔들림으로 사춘기 소년의 시선을 강탈해 가면서 은밀히 귓속말을 해 왔다.

"왜 그렇게 애들이 화가 났어? 너, 옛날처럼 논 건 아니지? 응?"

갑자기 정신이 퍼뜩 드는군.

아무리 그래도 그 정도는 아니었다는 뜻으로 슬쩍 고개를 저었지만, 의심에 찬 나래의 시선은 떨어질 생각을 하지 않았다.

아주 약간 찔리는 구석이 있어, 난 슬그머니 고개를 돌렸다.

거기에는 소파에 앉아 따스한 애정이 가득 찬 표정으로 아기 옷을 뜨개질하고 있는 성의 누나가 있었는데…….

응? 어째서 아기 옷?

설마 내가 잘못 본 건가? 아직 만드는 중이라서 사이즈가 작아 보이는 걸 수도 있잖아?

하지만 이미 완성된 목 부분은 우리 집에서 가장 체구가 작은 성린에게도 안 맞아 보인다.

진짜 아기 옷인가 본데? 갑자기 왜?

그에 답해 줄 수 있는 유일한 분인 성의 누님께서는 제 시선을 눈치채시고서는 살짝 볼을 붉히며 고개를 숙인 채 뜨개질에 전념하실 뿐이었습니다.

어, 뭐지? 뭐야? 누나, 갑자기 왜 그러세요?

전 아무것도 한 게 없는데.

나는 호기심을 참지 못하고 성의 누나의 허벅지를 베개 삼아 누워 있는 성린을 보았다.

성린아~ 아빠 부탁 하나만 들어줄 수 있겠니~? 응? 성의 누나가 왜 갑자기 아기 옷을 뜨고 있는지 궁금하거든?

"엄마."

그런 내 생각을 읽었는지, 성린이 뭔가 말을 하려고 했지만.

"크흠!"

주먹으로 입을 가린 냥이가 크게 헛기침을 하고 세희에게 말했다.

"어수선했던 분위기도 이제 가라앉은 것 같으니, 네놈은 대체 무슨 생각으로 그딴 일을 벌였는지 소상히 말하여야 할 것이니라."

마당에 있는 바둑이와 나를 의식해서 모습을 숨기고 있는 가희를 빼고는 다 모여 있긴 하지.

심지어 에이조차.

에이는 우리들과 최대한 멀리 떨어진 곳, 그러니까 방구석에 등을 기댄 채 앉아 있었다. 자기가 왜 여기 있는지 모르겠다는 시큰둥한 표정으로 주변을 두리번거리는데…….

그동안 많은 일을 겪으며 나름대로 눈치를 기른 나는 이번 일이 에이와 관계가 있다는 걸 알 수 있었다.

내 생각이 틀렸으면 지금 말해라. 가족회의니만큼 저 녀석을 쫓아내야 하니까.

평소라면 내 생각을 읽거나 짐작하고서 한마디 했을 세희지만 지금은 아무런 반응이 없다.

그저 맞은편에 앉은 냥이를 마주하며 입을 열었을 뿐이다.

"무슨 일로 저를 급하게 찾으셨나 했더니, 겨우 그것 때문이셨습니까."

"……겨우?"

세희가 고개를 숙이고 낮게 한숨을 쉰 뒤 말을 이었다.

"되도록이면 이런 작은 일로 호들갑을 떠시는 것은 삼가 주셨으면 합니다. 다른 분도 아닌 냥이 님께서 그러시면 많은 분들께서 불안해하시니 말이죠."

"호들갑? 하, 호들갑이라 하였느냐? 하하핫."

세희의 도발에 냥이가 실소를 내뱉고는 담뱃대를 꺼내 입에 물었다.

담뱃대를 든 손이 부들부들 떨리는 걸 보니, 갑자기 옛날 사극에서 이성계가 이방원에게 벼루를 던지던 장면이 떠오르는군.

하지만 냥이는 담뱃대를 던지진 않았다.

손아귀 힘만으로 반쪽을 내 버렸지.

"내 진짜 호들갑이 무엇인지 보여 줘야 하겠느냐?"

그 기세가 서울에서 돌아온 나를 맞이해 준 때와 다를 게 없군.

덕분에 냥이 뒤에 앉아 있는 아이들이 슬금슬금 엉덩이를 움직여 뒤로 물러났지만, 랑이는 오히려 앞으로 나아가 냥이의 부풀어 오른 꼬리를 두 손으로 잡고 정성스럽게 쓸어 주었다.

"……후."

꼬리에서 전해지는 사랑하는 여동생의 손길을 무시할 수 없었는지, 냥이는 깊은숨을 내쉬고는 다른 담뱃대를 꺼내 입에 물고는 말했다.

"그래, 그렇구나. 지금 네놈에게 화를 낼 때가 아니로구나."

냥이는 입에서 흰색 연기를 내뿜은 뒤 나를 보며 말했다.

"설거지를 하고 있는데 상 치우는 것도 거들지 않던 놈이, 슬그머니 음식물 찌꺼기가 말라비틀어진 그릇들을 싱크대에 놓고 돌아서는 걸 보는 꼴을 겪게 된 건 네놈이니 말이니라."

아, 그거 화나지.

사과는커녕 그릇도 제대로 물에 담궈 놓지 않고 가면 고무장갑으로 후려치고 싶을 정도로 진짜 기분이 팍 상한다.

누굴 후려치고 싶은 건지는 비밀입니다.

어쨌든 랑이를 만나기 전에 아버지와 있었던 씁쓸한 추억은 뒤로하고.

추억은 뒤로하고!

나는 말도 안 된다는 듯 손사래를 치며 냥이에게 말했다.

"야, 아무리 그래도 세희하고 그런 양심 없는 인간을 비교하는 건 좀 아니지. 우리 집에서 가장 바쁜 사람한테."

그다음은 내가 아닐까 싶지만, 어쨌든.

"거기다 세희가 오늘 밖에서 일이 있던 건 알고 있었고, 나갔다 오라고 **허락**해 준 것도 나야. 이 녀석이 도대체 밖에서 무슨 일을 벌였는지는 모르겠지만, 거기에는 어느 정도 내 책임도 있으니까 너무 세희한테만 화내지 말아 줬으면 좋겠다."

내 말을 들은 냥이는 아주 잠깐, 아주 잠깐이지만 진심으로 나를 대견하다는 듯 바라봤다.

하지만 그것도 잠시.

이내 눈썹으로 부드러운 호를 그린 냥이가 말했다.

"호오, 그러하느냐? 그렇다면 남아일언 중천금이라 했으니, 네놈은 오늘 저것이 밖에 나가 무슨 짓을 벌이고 왔는지 들어도, 그 책임을 질 자신이 있으렷다?"

나는 가슴을 피고 당당하게 말했다.

"당연히 없지."

"크흣!"

내 시답잖은 농담에 웃음을 터트린 냥이를 뒤로하고, 나는 고개를 돌려 세희를 보며 말했다.

"그래서 무슨 일이야? 냥이가 저렇게 정색하고 나설 정도면 가벼운 일은 아닌 것 같은데."

냥이는 이쪽에서 먼저 도움을 청하거나 웬만큼 신경이 쓰일 만한 일이 벌어지기 전까지는 최대한 방관자의 입장에 서려고 하니까 말이다.

그 이유야 여러 가지가 있겠지만, 나는 일종의 고집 때문이라고 생각한다.

냥이가 처음 우리 집에 오게 되었을 때 했던 말을 지키려는 고집 말이야.

뭐, 요즘에는 이쪽 사정을 봐주는 경우가 많지만, 지금은 모르는 척하는 게 도움을 받은 사람의 예의겠지.

그래서 난 다른 사람을 대하는 데 예의라는 단어와 5천 년 정도 거리를 둔 녀석에게 말했다.

"혹시 오늘 약속 있던 사람하고 무슨 일이라도 생겼냐?"

가장 확률이 높은 예상을.

물론 나는 내 생각이 틀리기를 바란다.

만약 내 예상이 맞다면, 그 상대는 냥이가 언성을 높일 정도로 거물이라는 뜻이 되고…….

세희는 그런 거물을 상대로 문제를 일으켰다는 말이 되니까.

하지만 다행히 세희는 느릿하게 고개를 저은 뒤 말했다.

"걱정하실 것 없습니다, 주인님. 그분과의 일은 잘 풀렸으니까 말이죠. 특히 주인님의 명에 따라 준비한 선물을 정말 마음에 들어 하셨습니다. 어찌나 기뻐하셨는지, 제가 바라지도 않았던 답례를 약속하시더군요."

나는 고개를 끄덕이고서 말했다.

"그 사람인지 요괴인지 하고 한판 벌였다는 거네."

세희의 일이 잘 풀렸다는 말은, 내가 개고생을 해야 일이 잘 풀린다는 말과 같은 뜻이니까.

거기다 상대 쪽에서 답례를 약속했다고?

그건 조만간 날 잡아서 날 죽이러 오겠다는 뜻이다.

"제 말을 제대로 들으신 것 맞습니까, 주인님?"

정작 수많은 경험으로 내게 믿음을 준 세희는 아무것도 모르겠다는 듯 순진해 보이는 표정을 지으며 고개를 갸웃거렸다.

……세희가 미인이라서 다행이야.

검디검은 속내가 그대로 드러나는 저 완벽한 도발에도 살짝 짜증이 일어나는 정도로 끝나니까 말이다.

여기서 중요한 건 내가 짜증이 났다는 거다.

세희가 미인이라는 게 아니라.

나는 인상을 찌푸린 채 신경질적으로 무릎을 툭툭 치며 말했다.

"제대로 들었으니까 이러는 거다."

나는 마음 깊은 곳에서부터 올라온 한숨을 숨기지 않고 내쉬고 세희에게 말했다.

"지금부터는 농담도, 장난도 치지 마. 말도 돌리지 말고, 밖에서 무슨 일이 있었는지 있는 그대로 말해."

살짝 날이 선 내 반응에 세희는 깊숙이 고개를 숙였다.

"죄송합니다, 주인님. 본디 저는 바깥에서의 일을 마치고 돌아오는 즉시 주인님과 가족분들께 밖에서 무슨 일이 있었는지 말씀드릴 생각이었습니다. 하지만 예상하지 못한 일에 휘말려 일이 미루어져 주인님과 가족분들께 심려를 끼쳐 드리게 된 점, 진실로 송구스럽습니다."

그렇게 말하며 세희는 다시 한번 공손히 고개를 숙였다.

나는 뼈를 맞은 기분이었지만.

집으로 돌아온 세희가 내게 할 말이 있다는 건 나도 알고 있었으니까.

덕분에 내 마음에는 죄책감이 차올랐고,

"지금 건 세희 님이 성훈 씨를 곤란하게 만들기 위한 농담이니 신경 쓰실 것 없어요. 세희 님이 정말 중요한 일이라고 생각했다면 집에 돌아오신 뒤 성훈 씨의 상황이 어찌 되었든 그 이야기부터 먼저 꺼냈을 테니까요."

미안한 마음이 순식간에 사라졌다.

하지만 세희는 소희가 다 된 밥에 재를 뿌렸다고 생각했는지 평소의 무표정 위에 꿈틀거리는 눈썹을 그렸다.

"호오, 그건 가만히 듣고 넘길 수 없는 말씀이로군요. 이 세상에 주인님의 안위보다 더 중요한 일이 있습니까?"

있다.

우리 랑이.

우리 랑이의 미소.

……아니, 아니지.

지금은 이런 당연한 사실로 딴죽이나 걸 때가 아니야.

"그만."

나는 정신을 집중하기 위해 두 눈을 감고 손을 흔들며 말했다.

"내가 말했지. 장난치지 말고 밖에서 무슨 일이 있었는지부터 알려 달라고."

평소보다 조금 냉정하게 말한 것 같지만, 어쩔 수 없다.

이러지 않으면 이야기가 몇 번이나 더 옆으로 샐 테니까.

"……죄송해요, 성훈 씨."

"죄송합니다, 주인님."

나는 둘의 사과에도 살짝 고개를 끄덕이는 것으로 답하고 침묵으로 대답을 재촉했다.

잠시 후, 세희가 말했다.

"오늘 저와 약속이 있던 분은 알리사르라 님이십니다."

나는 알리사르라의 이름을 듣는 즉시 에이의 반응을 살폈다.

좀 전에 말했지만, 에이가 세희의 암묵적인 허락을 받고 가족 회의에 합석한 건 저 녀석이 이번 일에 관계가 있다는 뜻이다.

그런데 지금 알리사르라의 이름이 나왔다?

스스로 인간과 이어졌다는 이야기를 했던 알리사르라의 이름이?

인간과 흡혈귀의 혼혈인 에이의 앞에서?

그렇다면 내 입장에서는 당연히 알리사르라와 에이의 관계를 의심할 수밖에 없는 일.

내 예상대로 무언가 부러운 눈초리로 소파에 앉아 있는 성의 누나와 성린을 바라보던 에이는, 알리사르라의 이름이 나오자 어깨를 움찔하는 반응을 보였다.

"……!"

하지만 내 시선을 눈치채자마자 바로 고개를 돌려 버리는군.

……뭐지, 이 녀석?

내가 그런 생각을 하는 동안에도 세희는 이야기를 계속했다.

"정확히는, 알리사르라 님께서 먼저 제게 비공식 면담을 요청하신 것입니다만…… 크게 중요한 일은 아니니 신경 쓰실 것 없습니다."

나하고도 그렇게 만난 적이 있으니까 말이지.

중요한 건 거기서 무슨 이야기를 했냐는 거다.

꾸벅꾸벅 조는 성린의 머리를 쓰다듬어 주는 성의 누나와 그 모습을 다시 보기 시작한 에이. 그리고 모든 일을 알고 있는 냥이를 제외하면 다들 같은 생각을 하는 것 같았고, 세희는 그 의문에 답했다.

"저와 나눈 **사소한 담소** 이후, 알리사르라 님께서는 조심스레 에이 님의 신변을 전요협에 양도해 줄 수 있는지 물어보셨습니다. 그에 대한 충분한 대가를 치르겠다는 약속과 함께 말이죠."

"엥?"

다른 세상에 빠져 있던 에이가 자기 이름이 나오자 깜짝 놀라서 되물었다.

"나? 진짜? 언…… 빌리버블! 그 할망구가 진짜로?"

세희가 고개를 끄덕이자 조금 전까지만 해도 당황한 기색이던 에이는 기고만장한 표정을 지었다.

"꺄하하핫, 봤지? 응? 쫌생 오빠, 내가 말이야! 전요협 회장이 신경 쓸 정도로 대단한……."

"쯧!"

"아, 아무것도 아니에요."

하지만 그 표정도 냥이가 불쾌한 기색으로 혀를 차며 담뱃대로 방바닥을 두드리는 것으로 사라졌다.

냥이는 무섭다 이거지.

에이가 최대한 자신의 기척을 지우며 방구석에 찌그러지고 나서야 세희가 다시 입을 열었다.

"물론 저는 그 요청을 거절했습니다."

세희는 에이의 두 눈동자가 동그래지고 입이 살짝 벌어지는 걸 보고 나서야 말을 이었다.

"첫 번째 이유는 에이 님의 신변을 결정하는 것은 제 권한을 넘어선 문제이기 때문이며……."

세희의 시선이 나를 향했다.

"에이 님께서 현재 이곳에서 벌을 받고 있는 것은 주인님께 도전했기 때문이 아니라, 가족분들에게 씻을 수 없는 치욕을 안겨 줬기 때문이라는 것이 두 번째 이유입니다."

지금도 인터넷 혹은 요괴넷에 돌아다니고 있을 그 일 말이지.

음, 그렇게 생각하니까 마음 깊은 곳에서 무언가 꿈틀거린다.

"성훈아."

나래가 손을 잡아 주자 순식간에 다시 가라앉았지만.

"알고 있어."

나는 나래의 손을 맞잡았고, 맞은편에 앉은 랑이가 엉덩이를 들썩이는 걸 보며 세희에게 말했다.

"그래서?"

알리사르라는 에이를 풀어 주길 바란다.

그 이유는 모르겠지만, 세희와 비밀 회담을 요청한 알리사르라가 거절 한번 당했다고 순순히 물러나지는 않았겠지.

"알리사르라는 뭐라고 했어?"

세희가 말했다.

"그렇다면 자신은 요괴의 왕에게 도전하겠다고 하셨습니다."

"……응?"

내가 분명 조만간 날 잡아서 날 죽이러 올 것 같다고는 했지만, 진짜 그럴 줄은 몰랐는데?

그것도 그 알리사르라가?

내가 지금 제대로 들은 거 맞아?

하지만 세희는 아무 말이 없었고, 냥이는 내게 보란 듯이 짓궂은 미소를 지을 뿐이었다.

"아니, 아니, 잠깐만. 그건 좀 이상하잖아."

보통 그럴 때는 다른 조건으로 협상을 시도한다거나 최종 결정자인 나한테 직접 찾아와서 이야기를 해 본다거나 하는 게 자연스럽지 않아?

그런데 갑자기 날 죽이러 와요?

알리사르라 성격이 그 정도로 급했어?

……아니, 잠깐, 잠깐만.

알리사르라한테 에이가 그만큼 중요한 인물일 가능성도 있군. 나 또한 비슷한 일을 며칠 전에 겪었으니까 말이야.

왜, 급하면 눈에 보이는 게 없어지잖아.

나는 한 가지 의문점을 가슴속에 간직하고서, 이 말도 안 되는 상황이 벌어지는 데 일조한 녀석에게 말을 걸었다.

"야, 에이."

"어, 어?"

"너, 알리사르라하고 무슨 관계냐?"

"으, 응? 그냥 얼굴만 아는 정도?"

아무리 봐도 거짓말이다.

최대한 티를 안 내려고 노력하고 있지만, 그동안 단련된 내 눈을 피할 수는 없다고.

난 눈매를 좁힌 채 노려보았고, 에이는 갑자기 손바닥을 짝 하고 치더니 평소보다 높은 목소리로 말했다.

"아! 혹시 그거 때문 아닐까? 내 방송을 보고 이런 장래성이 있는 요괴는 어떻게든 구해……."

"내가 꼭 언령까지 써야겠냐?"

내 협박에 에이가 기겁해서는 두 팔을 흔들며 외쳤다.

"모, 몰라! 언, 아니, 그 할망구하고는 그냥 보육원에 후원해 주실 때 조금 친해진 게 끝이야! 나도 왜 그렇게 날 예뻐해 주는지도 몰라! 애초에 나 같은 혼혈은 말도 못 걸 정도로 고귀하신 분이시니까!"

보육원.

보호자가 없는 아이들을 맡아서 키우고 가르쳐 주는 곳을 말한다.

……하지만 요괴 보육원이라.

아니, 이상할 것 없지. 어린 요괴들이 속세와 거리를 두고 모여 사는 마을도 있었는데 보육원이라고 없겠냐.

그렇게 생각하니 오히려 에이의 태도가 더 마음에 걸린다.

"인마, 그런 분을 할망구라고 불러?"

저 정도면 성격이 나쁜 수준이 아니라 은혜도 모르는 짐승 아니냐? 이러다가 우리 집 아이들한테 나쁜 물 들이는 거 아니야?

속으로 저 녀석의 처우를 곰곰이 생각하고 있을 때.

에이는 자신의 상황도 모르고 입가를 가리며 과장되게 웃었다.

"푸흡! 쫌생…… 각 좀 해 봐. 오빠는 '없는 자리에선 나라님도 욕한다'는 말도 몰라?"

쫌생이라고 말하려다 관둔 건 소희가 주먹을 움켜쥐었기 때문이겠지.

하지만 그 오빠라는 호칭 선택으로 치이의 귀 위 머리카락을 격하게 파닥거리게 만들었다는 건 눈치 못 챈 것 같다.

어찌 되었건.

이 녀석의 말을 믿는다면, 에이는 알리사르라의 과격한 선택과 관계가 없다는 뜻이 된다.

혹은 당사자는 모르는 알리사르라와의 관계가 있다거나 말이지.

그러면 뭐, 어쩔 수 있나.

"만나서 이야기 좀 해 보고, 안 되면 싸울 수밖에 없겠네."

그런데 내 간단명료한 결론에 가족들의 반응이 영 이상하다.

"어, 저기, 성훈아? 그, 자신감 넘치는 건 좋은데, 으냐아, 그러니까, 너무 편히 생각하는 거 아니느냐? 나야 너를 믿고 있지만, 그래도 마음가짐이라는 게 중요하지 않겠느냐."

내 반대편에 앉은 이유도 까맣게 잊고 이쪽의 눈치를 살피며 걱정해 주는 랑이나.

"큰일, 큰일이 난 거예요! 오라버니가 작은 재주 좀 부릴 줄 알게 됐다고 겁을 상실해 버린 거예요!"

치이는 대놓고 귀 위 머리카락을 파닥이며 어쩔 줄 몰라 했고.

[……난 머리 때린 적 없음. 진짜임. 성훈, 다 피함.]

페이는 이때다 싶어 자신의 결백을 주장했다.

"지금 그런 말을 할 때야, 이 답답아? 이러다가 우리 아빠 죽을지도 모른다고!"

마음 같아서는 아이들이 나를 걱정해 주는 모습을 지켜보고 싶지만, 불안해하는 모습을 보니 그래서는 안 될 것 같군.

"그렇게 걱정할 거 없어. 알리사르라하고는 서울에서 한번 만나 봤는데, 대화가 통하는 요괴였으니까. 일단 만나서 이야기 좀 하면 대화로 끝낼 수 있을 거다."

이게 내가 침착할 수 있는 이유다.

카페에서 대화를 나눠 본 알리사르라는 어떻게 하면 나를 예쁜 살덩어리로 만들 수 있을까부터 고민하는 요괴는 아니었으니까.

"쯧쯧쯧."

그런데 이런 합리적인 사고를 기반으로 내린 명철한 판단을 들은 냥이는 한심하다는 듯이 혀를 찼다.

"이 멍청한 것아. 그렇다면 내가 이리 급하게 너희들을 불렀을까."

"응?"

그렇게 말한 냥이가 켠 TV에는, 아기 상어와 엄마 상어가 평화롭게 바다 속을 헤엄치는 3D 애니메이션을 배경으로 [긴급 속보. 전요협 회장 알리사르라, 요괴의 왕 강성훈에게 공식적인 대결 의사 표명.]이라는 자막이 지나가고 있었다.

"……어?"

믿을 수 없는 뉴스에 나는 휴대폰을 꺼내 인터넷을 검색해 봤다.

"헐."

인터넷 뉴스도, 요괴넷 게시판도 알리사르라의 선전 포고에 대한 이야기로 가득이었다.

"이미 네놈은 물러설 수 없는 입장이 되었느니라."

나는 냥이의 심술 가득한 목소리를 한 귀로 듣고 한 귀로 흘리며 세희에게 말했다.

"내가 지금 알리사르라하고 **정정당당하게** 싸우면 이길 수 있는 확률은?"

"30퍼센트는 넘지 않을까 싶습니다."

"30퍼센트? 꽤 높다?"

나는 높아 봐야 1퍼센트, 혹은 정말 높게 쳐줘야 3퍼센트를 생각했는데 말이야.

“지금 알리사르라 님의 상태를 인간에 빗대어 설명해 드리자면, 오랜 단식으로 열반에 오를 날만 기다리고 있는 고승과 다름없습니다. 어린아이가 옆에서 툭 건드려도 옆으로 쓰러질 수밖에 없으시겠죠.”

……그런데도 30퍼센트야?

아니, 다르게 생각해야 한다.

언령이라도 쓸 줄 아니까 30퍼센트의 승률을 기대할 수 있는 거라고.

예전의 나였다면 대결이 시작하자마자 KO 패를 당할 거라고 말했겠지.

다행이네.

상황이 최악으로 흘러가더라도 알리사르라와 어느 정도는 해볼 만하다는 거잖아? 좀 치사한 수단까지 쓰면 승률이 더 올라갈 테고.

그렇게 생각하자 혼란스러웠던 내 마음에 조금이나마 평온이 찾아왔다.

“아.”

아주 잠깐이었지만.

“물론 이건 알리사르라 님께서 제가 정성을 다해 마련한 선물을 받지 않으셨을 때의 이야기입니다.”

오랜 단식과 세희의 선물, 그리고 알리사르라의 몸 상태.

이 세 가지를 연관 지어 생각한 나는 지끈거리는 머리를 숙이며 세희에게 말했다.

"너, 설마 선물로 챙겨 간 게 피였냐?"

지금 세희의 얼굴을 보면 아이들 앞이라는 것도 잊고 일단 멱살부터 잡고 싶어질 테니까.

"주인님께서 상대방이 가장 좋아할 만한 선물을 챙겨 가라고 하시지 않았습니까?"

아니, 야! 내가 분명 그렇게 말하긴 했지만, 아무리 그래도 그건 아니지! 흡혈귀인 알리사르르라가 오랫동안 피를 마시지 않았다는 건 분명 그럴 만한 이유가 있다는 뜻이다.

그런데 피를 선물해?

이게 싸우자는 말과 뭐가 다른 건데?!

그런 생각이 압축되고 압축되어 쌍시옷으로 시작하는 단어로 튀어나오려고 할 때.

"이런 걸 보고 송양지인(宋襄之仁)이라고 하는 거래, 아빠."

성린이 꺼낸 어려운 고사성어 덕분에 머리가 혼란스러워져서 조금이나마 감정이…….

"그게 무슨 말인가요, 성린?"

"자기 주제도 모르고 남한테 인정을 베푸는 어리석은 행동이라고 배웠어."

"그렇군요."

감정이 부풀어 오른다!

이어지는 성의 누나의 따스한 목소리가 들려오지 않았다면 말이지.

"하지만 이상한 일이 아니에요. 성훈은 상냥하니까요."

……그래.

지금은 상냥한 내가 참는다. 상냥한 내가 참아야지.

이미 벌어진 일에 화를 내 봤자 무슨 의미가 있겠어.

세희의 독사 주둥아리에 앙, 하고 물려서 윽, 하고 비명이나 지르겠지.

그런데 진짜 알리사르라와의 대결을 피하거나 뒤로 미루는 방법은 없는 걸까?

"하, 네놈의 표정을 보아하니 어떻게든 대화로 풀어 나갈 수 있지 않을까 생각하나 본데."

그런 내 생각이 얼굴에 드러났는지, 냥이가 코웃음을 치며 말을 이었다.

"스스로 희생양이 되기 위해 그 자리에 올랐다 하지만, 오히려 그렇기 때문에 아랫것들을 무시할 수 없는 것이 그 불쌍한 것이 처한 상황이니라. 이제 와서 자신의 발언을 무르는 순간, 무능한 자신들을 대신해 요괴의 왕에게 반역을 꾀하는 대요괴가 나섰다는 사실에 기대하던 놈들이 어떻게 돌변할지 모르니까 말이다."

인생은 편한 대로 흘러가지 않는다는 사실을 다시 한번 일깨워 준 냥이에게 나는 인상을 찌푸리며 말했다.

"……폭동을 일으킬지도 모른다는 거야?"

"당연한 것 아니느냐?"

"만약 그렇다면."

요즘에는 듣기 힘들었던 차가운 목소리로 나래가 말했다.

"단순한 폭동으로는 끝나지 않을 거야."

곰의 일족 수장인 나래의 말에 나는 상황이 생각보다 더욱 안 좋다는 사실을 깨달았다.

이성을 잃은 요괴들을 진정시키기 위해서는 강력한 힘 혹은 명분이 필요하다. 곰의 일족이 선택할 수 있는 것은 힘. 그렇다면 무슨 일이 벌어질지는 깊게 생각하지 않아도 알 수 있지.

하지만 아직 거기까지는 생각이 미치지 못한 랑이가 꼬리를 잔뜩 부풀리고서 떨리는 목소리로 나와 냥이, 그리고 나래를 번갈아 보며 말했다.

"끄, 끝나지 않는다면 도, 도대체 아해들한테 무슨 일이 생긴다는 것이느냐? 응?"

나래는 실수했다는 표정으로 급히 입을 열었지만.

"아무 일도 없을 거다."

그보다 내가 빨랐다.

"으냐아?"

"아무 일도 생기지 않아. 애초에 폭동 같은 건 일어나지 않을 테니까."

이건 어디까지나 알리사르라가 자신의 발언을 공식적으로 철회했을 때의 가정이니까.

"휴……."

내 말을 듣고서야 안심이 됐는지, 랑이가 따듯한 아랫목에 앉은 호랑이처럼 온몸을 늘어뜨렸다.

그에 반해 나는 아직 긴장을 풀 수 없었다.

이제 알리사르라와의 대결을 피할 수 없다는 사실을 깨달았으니까.

그렇다면 나는 어떻게 해야 할까.

"괜찮습니다, 주인님. 만약 일이 잘못되더라도 패배로부터 시작하는 행복한 은거 코미디를 즐기시면 될 테니까 말이죠."

……일단 세희의 멱살부터 잡을까?

그러면 기분은 좀 풀릴 것 같은데.

"농담은 됐고. 일이 이렇게 되긴 했지만, 그래도 알리사르라와는 이야기 좀 해 봐야겠다."

그 녀석이 대체 무슨 생각을 하고 있는지 알 필요가 있으니까.

왜, 적을 알고 나를 알면 백전백승이라는 말도 있잖아? 아무래도 내가 알아야 할 것들이 많은 것 같단 말이지.

만약 알리사르라가 내 요청을 무시한다면 나도 최대한 시간을 끌지, 뭐.

전요협의 회장으로서 내게 도전하겠다는 의사 표명을 했다고 한들, 내가 그걸 당장 받아 줘야 할 의무는 없으니까.

대결을 피할 이유야 얼마든지 만들 수 있다. 애초에 에이와 싸운 것도 얼마 되지 않았잖아.

핑계는 많다, 핑계는.

내가 안 싸워 주겠다는 것도 아니고, 일단 시간 좀 달라는데 무시하고 덤비지는 않겠지.

그때는 이쪽도 성심**성의**껏 대응해 주면 되는 거다.

"알리사르라한테 하고 싶은 이야기가 있으니까 될 수 있는 대로 이른 시일 내에 찾아오라고 전해 줘. 내가 직접 움직이는 건 힘드니까."

내 요구에 3초 정도 눈을 감았다 뜬 세희가 말했다.

"전했습니다."

재주도 좋아요.

"후……."

나는 깊은 한숨을 내쉰 뒤 말했다.

"그러면 가족회의는 일단 여기서 끝."

지금 상황에서는 앞으로의 방침을 정하는 정도가 최선이니까. 밥 먹을 시간이 너무 오래 지나기도 했고 말이야.

"그럼 난 밥 먹기 전에 좀 씻고 올게."

얼음땡을 한 뒤에 제대로 씻지도 못했으니까.

"응?"

그런데 내 확언에 긴장이 풀려서 방바닥에 눌어붙어 버린 랑이가 갑자기 귀를 쫑긋거리고서 주변을 두리번거린 뒤 말했다.

"성훈아, 그러면 나도 같이 가야 하겠느니라."

그래?

그러면 오랜만에 랑이와 단둘이서 목욕이나…….

"……."

그랬다가는 냥이의 손에 잘 저민 육포가 될 것 같군.

그래서 나는 기대감에 부풀어 두 눈을 반짝이며 꼬리를 살랑거리는 랑이를 보며 흐뭇한 미소를 지은 뒤.

"냥이야, 부탁한다."

"으냐앗? 아, 안 되느니라! 성훈아! 지금은 다 이유가 있단 말이니라아아아!!"

나는 복잡한 표정을 짓고 있는 냥이에게 뒤를 맡기고 목욕탕으로 도망쳤다.

*   *   *

"잘 지냈는감?"

……그런데 댁이 왜 여기서 나와?

알몸으로 당당하게 욕실 문을 열고 들어간 나를 맞이해 준 것은, 머리에 수건을 두른 채 욕탕에 몸을 담그고 있는 알리사르라였다.

욕탕의 턱에 양팔을 턱~ 걸치고 여유롭게 있는 모습이 여왕님처럼 보일 정도로 잘 어울린다.

여기에 시중 드는 사람만 있으면 완벽하겠어.

문제는 여기가 우리 집이라는 거지.

그리고 알리사르라는 내게 도전하겠다는 의사를 많은 사람들 앞에서 밝힌 녀석이고.

그런 녀석이 왜 우리 집 욕탕에 느긋하게 몸을 담그고 있는 거야?

아니, 내가 분명 찾아와 달라고는 했지만 말이야. 그래도 이건 아니지 않냐?

세희가 연락한 지 3분 정도밖에 안 지났다고!

거기다 왜 욕실에서 기다리고 있는 건데?! 그것도 목욕을 하면서!!

눈앞의 현실을 받아들이기 힘들었던 나는, 알리사르라가 시선을 아래로 내렸다가 다시 위로 올리며 미소 짓고 나서야 정신을 차릴 수 있었다.

"생각했던 것보다 꽤 단련된 몸이로군. 보기 좋아. 아암, 사내아이는 응당 이래야지."

꺄아아앗!! 치한이야아아아! 여기 변태가 있어요!!!

……라고 외쳤다가는 무슨 일이 벌어질지 몰라, 나는 목까지 올라왔던 소리를 참았다,

"잠깐만."

그리고 최대한 침착하게 알리사르라에게 양해를 구한 뒤, 밖에서 수건으로 하반신을 가리며 어쩌다 이렇게 된 건지 생각해 보았다.

음.

이건 내 잘못이다.

'원숭이 손'이라는 소설에 주인공으로 나와도 되는 녀석한테 대충 부탁한 게 잘못이지.

나는 그렇게 현실과 타협하고 욕실로 돌아갔고, 알리사르라는 짓궂은 표정으로 말했다.

"자네한테 나는 할머니나 다름없는데, 가릴 필요가 있나?"

"그렇게 따지면 우리 집 애들도 어르신 대우를 해 줘야겠지."

"그런감? 하긴 그렇구먼."

나는 아리송한 미소를 짓는 알리사르라의 시선을 그대로 받아 내며, 그녀와 조금 떨어진 자리에…….

"내 잘 모르네만, 이 나라에서는 탕에 들어가기 전에 간단히 몸을 씻는 게 예의라던데. 내가 잘못 알고 있는 건감?"

……알리사르라의 말을 무시하고 그냥 들어갔다.

"그럴 여유까진 없어서 말이야."

그렇습니다.

아무리 하반신에 수건을 둘렀다고 한들, 생판 남이나 다름없는 알리사르라 앞에서 느긋하게 샤워를 할 정도로 신경이 두껍지는 않으니까.

물이 좀 더러워지겠지만, 괜찮아! 세희가 요술로 어떻게든 해 줄 거야!

지금은 조금이라도 더 평정심을 유지하는 게 중요해!

"이 늙은이에게 할 이야기가 있다면서 여기에만 결계를 열어 준 건 자네의 뜻이지 않나? 그런데 뭘 그리 당황하는감?"

그런 생각이 표정에 다 드러난 것 같다.

나는 알리사르라를 노려보며 그건 내 뜻이 아니라 세희의 장난질이라고 한마디 해 주고 싶었지만…….

그 대신 손으로 얼굴을 쓸어내려야만 했다.

"시간 좀 내 달라고 한 건 내가 맞긴 한데, 결계 같은 건 내가, 아니, 그 전에! 그렇다 쳐도 뭘 느긋하게…… 도 아니라!!"

젠장, 말도 잘 안 나오네!

"최소한 수건 정도는 두르고 있어야 하는 거 아니냐?! 아니면, 뭐, 수영복이라든가!"

알리사르라가 살짝 고개를 갸웃거리며 말했다.

"이상하이. 내 분명 한국에서는 목욕할 때 수건을 두르는 문화는 없다고 들었는데 말이야."

제가 할 말은 아닌 것 같지만 말이죠!

우리나라에는! 생판 남인 남녀가! 알몸으로 같이 목욕하는 문화도 없습니다!!

나는 그렇게 쏘아 주고 싶었지만, 세희가 자주 짓는 미소가 알리사르라의 입가에 걸려 있는 걸 보고 관뒀다.

이런 사소한, 사실 전혀 사소하지 않지만.

내 안에서 이미 죽어 버린 줄 알았던 상식이 무덤에서 부활한 뒤 '아무리 그래도 이건 좀 아니지 않아? 응? 유교 영향권에서 자란 사람이 이걸 보고 그냥 넘어가게?'라고 말할 정도로 사소하지 않지만!

사소하다고 받아들이지 않으면 결국 알리사르라에게 주도권을 빼앗길 뿐이다.

그래서 나는 알리사르라의 풍만한 가슴과 터질 것 같은 허벅지, 그 둘 사이를 잇기에는 너무나 잘록한 허리…… 가 아니라!!

에라잇! 정신 차려라, 강성훈!

"이런, 이런. 세간에는 요괴의 왕이 사실 고자가 아닌가 하는 소문이 많건만, 지금 보니 단순한 소문일뿐이었구먼. 이 늙은이의 추레한 몸을 보고도 정욕이 들끓는 걸 보니 말이야."

나는 다리를 모으면서 얼굴에 물을 끼얹고 아랫입술을 깨물었다.

아, 물론 살짝.

너무 힘을 줬다가 입술이 찢어져서 피라도 흘렀다간 그건 그것대로 쪽 팔리는 일이니까.

그래도 입술에서부터 은은히 퍼져 나간 통증은 고개 숙인 이성을 일깨워 주기에는 충분했다.

"그래서? 할 말은 그게 다야?"

"흐음?"

"그런 음담패설이나 하려고 급하게 온 건 아니잖아?"

알리사르라는 앞서 세희와 만나 에이의 신병 인도 요구를 거절당했고, 만나서 이야기 좀 하자는 내 말에 우리 집에 바로 찾아왔다.

이걸 내가 어떻게 받아들여야 할까.

……몰라.

그럴 여유가 어디 있겠냐!

"미안하네, 요괴의 왕. 이 늙은이가 주책이었구먼."

말도 안 되는 소리를 하는 녀석이 눈앞에 있는데!

도대체 어딜 봐서 자기가 늙은이라는 거야?!

지금도 팔로 누르지 않으면 내게 인체와 부력의 상관관계에 대해 가르쳐 주려는 신체 부위의 탄력은 눈으로만 봐도 나래에 뒤떨어지지 않는데! 특히나 지금 물속에서 슬쩍 다리를 꼬며 부각된 알리사르라의 허벅지는 손가락으로 누르면 바로 손가락이 밀려날 것 같다고!

"……이 늙은이가 주책이 없었던 거, 맞는감?"

"크흐으으음!! 크흐으으으으으으으음!!!"

나는 있는 힘껏 헛기침을 하며 눈을 돌렸다.

정신 차려라, 강성훈!

일단 이야기를 해 봐야겠지만, 알리사르라는 내게 도전한 대요괴다.

알리사르라는 우리 가족들이 힘겹게 세운 울타리를 부수려 하는 강적이라고!

그렇게 마음속에 선을 긋고 나서야 간신히 냉정을 되찾을 수 있었다.

"호오……."

그런 나를 알리사르라는 호기심이 가득한 눈으로 바라보며 말했다.

"순식간에 마음가짐이 달라졌구먼?"

동시에 다리를 풀고 다소곳이 옆으로 모아서는 욕탕의 턱에 오른팔을 올리고 슬며시 내 쪽으로 몸을 기울였다.

강적(强敵)……. 적(敵)……. 적(赤)…….

아니, 됐고!!

"그렇게 오래가지는 못할 것 같으니까, 최대한 용건만 간단히 이야기하자."

"-뭐, 자네의 사정을 이해 못 할 건 아니니 섭섭하게 여기지는 않겠네."

그렇게 말하며 알리사르라는 보란 듯이 나와의 거리를 좁혔다.

"그럼, 요괴의 왕, 어떠한가? 나와 사소한 거래를 해 보지 않겠나?"

거래라는 말을 듣는 순간.

생명 유지 장치로만 움직이던 내 머리가 지금까지 잊어버렸던 본래의 역할을 떠올렸다.

"에이를 걸고?"

알리사르라의 입꼬리가 살짝 떨린 건 그야말로 찰나와 같았다. 하지만 지금껏 단련된 내 눈은 지근거리에서 일어난 그 변화를 놓치지 않았다.

알리사르라도 그 사실을 깨달았는지, 조금 거리를 벌리며 깊은 한숨을 쉬고서는 내게 말했다.

"자네는 정말 눈이 좋구만."

"눈치도 좋지."

특정 분야 쪽에는 자신이 없었는데, 그것도 요즘 들어서 많이 좋아진 것 같기도 하고.

이런 쓸데없는 소리는 나중에 하고.

"그래서."

지금은 사태의 전말을 파악할 수 있는 이 기회를 놓치지 말

아야 한다.
“거래 조건은?”
물론 순서는 지키면서.
생각 같아서는 알리사르라와 에이의 관계에 대해 물어보거나, 이럴 거면 왜 공식적인 자리에서 내게 도전하겠다는 의사 표명을 했는지 물어보고 싶지만 말이야.
“이미 알고 있겠지만, 이 늙은이는 공식적인 자리에서 자네에게 도전하기로 했다네.”
그쪽에서 말해 주니 고맙군.
덕분에 씻지도, 쉬지도 못한 채 가족회의에 참여해야 했지.
성인군자가 아닌 나는 일부러 턱을 삐딱하게 기울이며 말했다.
“그래서?”
그런 나를 보며 입가에 호선을 그린 알리사르라가 슬쩍 이쪽으로 다가오며 은밀하고 달콤한 목소리로 말했다.
“자네에게 승리를 안겨 드리겠네.”
……응?
생각지도 못한 이야기에 잠깐 얼이 나간 사이.
알리사르라는 이야기를 계속했다.
“요괴의 왕이 광화문에서 벌였던 일은 이 늙은이도 직접 봤다네. 진심으로 가득 찬 자네의 연설. 그건 내 차갑게 굳어버린 심장이 두근거릴 정도로 뜨거웠지.”
나는 지금 다른 의미로 낯이 뜨거워지는데.

그것도 슬며시 다가오며 이어지는 알리사르라의 이야기를 듣기 전까지였지만.

"하지만 그로 인해 자네가 골머리를 썩이게 된 것 역시 사실이지 않은감? 이번에야 대요괴들이 눈치를 보고 있는 사이에 그 잡스러운 요괴가 자네에게 도전해서 잘 넘어간 것 같지만…… 다음에도 이런 행운이 올 거라 장담할 수는 없지 않나?"

이 녀석 봐라?

지금 일부러 심한 단어를 써서 에이에 대한 반감을 줄이려고 하는 거 맞지? 거기다 에이가 벌였던 짓을 은근슬쩍 행운이라고 포장하고 있어?

내가 멍청하긴 해도 세희 옆에서 구른 게 반년이다.

이런 얄팍한 화술에 담긴 의도 정도는 눈치챘다고.

알리사르라는 슬쩍 표정이 굳은 내 쪽으로 다가오며 온화하고 부드러운 목소리로 속삭여 왔다.

"너무 그리 언짢아하지 말게나, 요괴의 왕. 그 못난 것이 자네와 자네의 자당(慈堂), 그리고 연인분에게 큰 실수를 저지르지 않았다고 하는 것도 아니니. 그저 결과적으로 보았을 때 그렇게 생각할 구석도 있다, 그렇게만 받아 주었으면 좋겠구먼."

살짝 기분 나쁘긴 했지만 나는 아무 말 없이 고개를 끄덕였다. 내 표정만 보고서 먼저 납작 엎드린 알리사르라에게 화를 낼 정도로 성격이 나쁜 편은 아니니까.

……이런 사소한 일에 화를 낼 때도 아니고 말이야.

그런 나를 보며 알리사르라가 고개를 숙인 뒤 자리를 가까이하며 말했다.

"사정을 봐줘서 고맙네. 그런 자네이기에 하는 말인데 말이야. 혹시 내가 강세희, 그자에게 그 어리석은 것을 풀어 달라는 부탁을 거절당해서 자네에게 도전했다고 생각하는감?"

"아니었냐?"

알리사르라가 씁쓸한 미소를 지으며 말했다.

"아니라고는 못 하지. 그래, 그건 거짓이니까. 하지만 그게 전부라고도 못하네. 사람의 성격을 딱 잘라 정의 내리는 게 힘든 것처럼 말이야. 만약에 말일세. 내가 정녕 그런 극단적인 방법밖에 떠오르지 않았다 해도 자네와 만나 이야기 한번은 나눠 보았을 걸세. 지금처럼 말이야."

"그러면 다른 이유라도 있다는 거냐?"

나는 코웃음을 치며 말을 이었다.

"예를 들면, 그래, 이번 협상에서 유리한 입장을 만들기 위해서라든가?"

내가 생각해도 꽤 괜찮은 추측이었지만, 알리사르라는 오히려 측은함이 가득한 시선으로 내게 말했다.

"……세상은 그렇게 악의로만 가득 차 있지 않다네, 요괴의 왕."

"……그건 나도 알아."

그런데 보통 내 주변에서 일 벌이는 녀석은 그런 식으로 나를 몰아세우더라고.

"그러면 됐네. 그래, 이 늙은이가 괜한 걱정을 했구만."

진심으로 안도한 듯한 알리사르라의 모습에 나는 이상하게 머쓱해져서 재빨리 화제를 돌렸다.

"그래서 무슨 이유였는데?"

알리사르라가 말했다.

"전요협의 회장으로서 자네에게 급히 승부를 청한 것은, 그 못난 것이 자네에게 졌다는 소식을 듣고 흥미가 생긴 다른 대요괴들이 자네에게 도전할 생각을 품었다는 이야기를 꽤 믿을 수 있는 자에게 들어서라네."

꽤 믿을 수 있는 자, 말이지.

"누군데?"

"이 늙은이가 보기에는 이미 짐작 가는 이가 있는 것 같은데 말일세. 물어보는 의미가 있는감?"

나는 대답을 피했고, 알리사르라는 다시 입을 열었다.

"요괴의 왕, 이 늙은이가 오롯이 선의만으로 움직였다고는 하지 않겠으나, 내 나름대로 자네를 생각하고 있음을 알아주었으면 하네."

티끌만큼 있어도 있긴 있는 거지.

내가 에이를 불쌍한 아이라고 생각하는 것처럼.

세희도 아닌데 이런 생각이 바로 드는 걸 보니까 내가 짜증이 나긴 한 것 같다.

하지만 알리사르라는 내가 잠시 딴생각을 하고 있다고 본 건지, 한결 더 은밀해진 목소리로 말을 이었다.

"그런 의미에서 잘 생각해 보게나. 이건 자네에게도 좋은 이야기라네. 무엇보다 필요한 시간을 벌 수 있으니 말이야."

……이것 봐라?

눈빛으로 추궁하는 나를 향해 알리사르라가 말했다.

"나도 자세히는 모르네. 하지만 자네에게 숨겨 둔 한 수가 있다는 것 정도는 짐작할 수 있었어. 그렇지 않고서야 자네의 행보를 이해하는 건 불가하니까 말이야. 하지만 평범한 인간으로 자라난 자네가 우리들을 알게 된 지 이제야 겨우 반년. 그리고 그중에서 특출난 힘을 보인 건 광화문이 처음이었지."

내가? 광화문에서? 힘을 보였다고?

내가 언제?

짐작 가는 게 없지만 알리사르라의 오해를 풀 이유도 없기에, 나는 잠자코 계속되는 이야기에 귀 기울이기로 했다.

이 녀석이 어디까지 가나 궁금하거든.

"그래서 난 자네에게 필요한 건 시간이라 생각했네. 자신이 가진 힘을 갈고닦을 시간 말일세. 이 늙은이의 제안을 받아들인다면, 내 장담하지. 자네는 그 시간을 벌 수 있을 걸세. 이 몸이 비록 늙고 병들었으나, 그럼에도 대요괴라네. 대요괴를 상대로 승리한 뒤 휴식을 취하기 위해 꽤 오랜 시간을 은거한다고 하면 그 누가 뭐라 하겠는감?"

꽤 그럴싸한 이야기다.

나를 적대하는 대요괴와의 혈투에서 어렵사리 승리한 것처럼 보이고, 피폐해진 몸과 마음을 돌보기 위해서 한동안 도전을 받아 주기 어렵다고 하는데, 설마 요괴들이 들고일어서겠냐고.

요괴의 왕도 사람이야, 사람!

내가 생각해도 바보 같은 농담에 입가에 절로 미소가 지어졌고, 알리사르라는 그걸 좋은 징조로 보았는지 한결 가벼워진 목소리로 내게 말했다.

"그 대가는 자네도 알걸세. 범 무서운 줄 모르고 날뛴 어린 요괴 한 명을 풀어 주는 것. 물론 자네가 그 철부지에게 쌓인 감정이 있다는 건 나도 잘 아네. 그러니 내 약속하지. 자네가 내 부탁을 들어주면 다시는 이런 일이 벌어지지 않도록 따끔하게 혼을 내고 제대로 된 교육을 시키겠네."

……정말 좋은 이야기군.

애초에 내가 에이를 데려온 건 단순히 화풀이 때문이 아니라 인성 교육이 목적이었으니까.

몇 번이나 말했지만, 진짜다?

"어떠한가? 꽤나 마음에 들 만한 제안이 아닌가?"

나는 잠시 말을 아낀 뒤 생각을 정리해 보았다.

흠.

아무리 생각해 봐도 좋은 제안이다. 시간도 벌 수 있고 에이라는 골칫거리도 치워 버릴 수 있는 정말 좋은 제안이야.

하하핫.

"그러네."

그래서 나는 고개를 끄덕인 뒤 말을 이었다.

"마음에 안 들어."

"……응?"

"마음에 들지 않는다고."

그 이유를 나는 너무도 잘 알고 있다.

"내 인생에 그렇게 달콤한 이야기 같은 게 있을 리 없으니까."

왜, 인터넷에는 그런 말도 있잖아?

세상에는 진흙탕에서 태어나 진흙탕에서 살아가는 사람도 있다고.

그게 나다.

이 좋아 보이는 제안도, 그 뒷면에는 시꺼먼 악의가 숨어 있을 게 분명하다.

반드시.

지금 내가 눈치챈 것과 다른, 시커먼 악의를 말이야.

하지만 알리사르라는 내 말이 어이가 없다는 듯 두 눈을 찡그리고 얼굴을 힘껏 들이밀며 말했다.

"지금 무슨 말을 하는 겐가? 그런 말도 안 되는 이유로 내 제안을 거절하겠다는 건가?"

눈빛만으로도 사람을 잡아먹을 것 같은 알리사르라가 평소라면 부담스럽게 느껴질 만했지만, 지금의 나는 아니었다.

"왜, 그러면 이렇게 말해 줄까?"

오히려 그 시선을 코앞에서 맞받아칠 정도였으니까.

"미안하지만 내가 가족들과 요괴들 앞에서 모범을 보여야 하는 입장이라서 말이다. 아무리 서로한테 좋은 이야기라 해도 다른 녀석들을 속일 생각은 없다. 네 제안이야 좋지만……."

나는 깊은숨을 들이마신 뒤 내뱉듯이 말했다.

"그거, 그냥 사기잖아."

일부러 부정적인 느낌이 강한 단어를 골라 입에 담자 알리사르라의 두 눈동자가 살짝 떨렸다.

그럴 수밖에.

이래저래 말이 길었지만, 알리사르라의 제안은 결국 승부 조작을 통해 서로 이득을 보자는 이야기였다.

그 와중에 꽤나 악질적인 부분은, 공개적으로 요괴의 왕에게 도전한다는 발언을 통해 나를 곤란하게 만든 뒤 제안을 해 왔다는 점이다.

내가 세상에 처음으로 발표한 정책을 이용해서 말이야.

덕분에 머리에 피가 꽤 오를 뻔했지만!

알리사르라와 같은 물에 몸을 담그고 있자니 혈액 순환이 좋아져서 피가 한곳에 몰리는 일은 없었다.

"……눈치챘는감?"

"……너, 지금 시비 거냐?"

조금 전까진.

"미안하이. 그런 뜻은 아니었네."

"그런 뜻이 아니었으면, 뭔데?"

짜증과 분노가 섞인 내 머리는 평소보다 훨씬 더 비판적인 사고방식으로 돌아가서 놀라운 추론을 제시했다.

“아, 그래. 내가 같이 사기 치자고 하면 나중에 그걸 약점으로 삼을 생각이었냐? 나중에 이걸 공개하느니 마느니 같은 소리를 하면서 날 협박하면 딱이네. 그럴 거면 증거도 있어야 하니까…… 야, 혹시 내가 들어오기 전에 여기에 녹음기라도 설치했냐? 아니면 대화를 기록하는 요술 같은 걸 썼다거나.”

“그, 그럴 리가 있겠는감. 이곳이 감히 어디라고 말일세. 그러니 화를 가라앉히게나.”

알리사르라가 진땀을 흘리며 부정하는 걸 보니 거짓말은 아닌 것 같다.

하긴, 우리 집에 눈을 시퍼렇게 뜨고 있는 귀신 녀석이 있는데 그런 게 가능할 리 없지.

“그래? 그럼 지금부터는 말조심을 하는 게 좋을 거야. 발가벗은 채 집 밖으로 쫓겨나기 싫으면 말이다. 내가 지금 기분이 좀 안 좋거든.”

“꽤나 무서운 말을 아무렇지 않게 하는구먼…….”

“승부 조작을 권유했으면 그 정도는 토 달지 마.”

“그건 정말 미안하네.”

알리사르라가 고개를 깊이 숙였다 들었다.

“이 늙은이가 주제도 모르고 감히 요괴의 왕인 자네에게 어리석은 제안을 한 점, 진심으로 사과하고 반성하네.”

단순히 이 상황을 벗어나기 위한 사과는 아닌 것 같지만, 그렇다고 내 표정이 풀리는 일은 없었다.

그런 내 눈치를 살피며 알리사르라가 조심스럽게 말했다.

"어떻게 하면 이 늙은이를 용서해 주겠는감?"

……물 위에 떠오르는 두 개의 풍만한 과실을 보는 순간 머릿속에서 떠오르는 수많은 생각들이 있었습니다.

그것들을 이성으로 억누르는 데 시간이 조금 걸렸지만, 나는 결국 승리할 수 있었다.

"내 질문에 대답해."

애초에 그러려고 알리사르라를 부른 거고, 지금만큼 좋은 기회가 또 올 리가 없으니까.

나는 알리사르라가 다시금 공손하게 고개를 끄덕이는 것을 본 뒤 말을 이었다.

"일단, 도대체 무슨 생각으로 그런 말도 안 되는 제안을 꺼낸 거냐? 내가 바보가 아닌 이상 다른 사람들, 아니, 요괴들을 상대로 사기 치자는 이야기라는 건 바로 알 수 있는데."

"제안 정도야 할 수 있지 않나."

나도 모르게 얼굴에 힘이 들어가자 알리사르라가 입가에 그린 미소를 지우며 말했다.

"농담일세."

"말조심하라고 한 지 1분도 안 지난 것 같은데."

"조금 더 주의하도록 하지. 하지만 거짓말은 아니라네. 제안 정도야 할 수 있는 것 아닌가? 총명한 자네라면 내 말에 숨은 뜻 정도야 금방 알아챌 수 있을 것이고 말이야. 설령 자네가 다른 요괴들을 속인다는 것에 죄악감을 느낀다 해도, 이 늙은이에게는 협상을 통해 그걸 감수할 만한 이득을 줄 자신이 있었네. 요괴의 왕, 자네가 내 이야기에 조금이라도 관심을 보였다면 말이네."

하지만 내가 딱 잘라 거절해 버려서 할 말이 없었다, 이 말이군.

내가 듣고 싶은 대답은 다른 거지만.

"그래서, 다른 생각은 없었다?"

난 그럴 리가 없다고 생각하지만, 알리사르라는 고개를 끄덕였다.

"그렇다네. 이번 일에 자네가 의심하는 다른 의도는 없었네. 그저 서로에게 가장 편한 방식으로 이번 일을 마무리 짓고 싶었을 뿐이지."

그래, 확실히 편해 보이긴 하더라.

알리사르라와 손잡고 다른 요괴들을 속인다면 이것저것 많이 편해졌겠지.

"너, 혹시 공모죄라고 아냐?"

내 양심만 빼고.

"들키지 않으면 상관없는 일 아니겠나."

"하늘과 밤하늘이 있는데?"

"그분들은 이런 사소한 일까지 신경 쓰지 않으실 걸세."

……내가 아는 밤하늘이라면 엄청 신경 쓸 것 같은데 말이야.

내가 알리사르라의 제안을 받아들이면 밤하늘이 갑자기 오늘 밤에 찾아와도 이상하지 않다.

별빛으로 한숨을 내쉬는 밤을 뒤로하고, 실망에 찬 눈동자로 나를 보며 훈이가 그럴 줄 몰랐다, 그럴 거면 도대체 왜 언령을 배운 거냐, 요괴의 왕이 되어서 그런 나쁜 짓을 해도 되는 거냐, 그런 훈이에게 나 밤하늘은 실망했다 같은 말을 쏟아내지 않을까.

지금은 밤하늘에 대한 알리사르라의 인식에 대해 이러니저러니 말할 상황이 아니지만.

"-뭐, 설령 그렇지 않더라도 그분들이 손을 쓰시는 건 나쁜 이지 않겠는감? 자네는 그분들에게 어여쁨을 받고 있으니 말일세."

저 죽을 날만 기다린다는 태도와 말투가 다시 한번 내 신경을 건드렸거든.

"넌…… 아니, 아니다."

그래서 그 이유를 물어보려 했지만, 참았다.

대답을 피하는 알리사르라가 눈에 선한 데다가, 지금은 그보다 더 궁금한 점이 있으니까.

"그래서 넌 에이하고 무슨 관계야?"

희생양이 되기를 자처한 녀석이 스스로 움직인 이유 말이야.

운이 좋다면 그 이유가 내게 힘이 되어 줄 것 같기도 하고.

"음?"

그런데 알리사르라는 고개를 갸웃거리며 당혹스러워할 뿐이었다.

"설마, 자네, 아직 모르는 겐가?"

왜 내가 아는 게 당연하다는 투로 말하냐?

"알 리가 없잖아."

"세희 양에게 물어보면 되지 않나."

"그 녀석은 신비주의와 비밀주의가 인생의 모토거든."

"아, 그럴 수 있겠구먼, 그럴 수 있어. 지식이란 나누면 득이 되는 경우도 많지만 독이 되는 경우는 더욱 많으니 말이야."

오래 산 녀석들은 왜 이렇게…….

아니, 아닙니다. 아무것도 아니에요.

나는 갑자기 싸늘해지는 등골에 생각을 돌려야만 했다.

"됐으니까, 둘이 무슨 관계인지나 말해."

"-뭐, 어쩔 수 없구만. 개인적인 이야기라 말하고 싶진 않았으나, 이 늙은이가 저지른 잘못도 있으니 말이야."

그렇게 말한 알리사르라는 꽤나 복잡한 표정을 지었다. 누군가에 대한 그리움과 애달픔, 무엇인가에 대한 분노와 슬픔, 그리고 자기 자신에 대한 혐오.

내가 그 이상의 감정을 읽기 전에 그녀가 말했다.

"에이브릴 샤키 르비야. 그것이 그 아이가 받아야만 했던 이름일세."

알리사르라 샤키 르비야와 에이브릴 샤키 르비야.

그리고 알리사르라가 과거에 인간과 연을 맺은 적이 있다는 이야기.

그 두 가지를 연관 짓자 나오는 결론은 명확했다.

"에이가 네 딸이라고?"

"……왜 이야기가 그렇게 되는 겐가?"

알리사르라가 눈살을 찌푸리기 전까진 말이야.

그녀는 내가 큰 실수를 저지르기라도 한 것처럼 인상을 찌푸리고 날 선 목소리로 말했다.

"자네 눈에는 그 아이가 그렇게 나이가 많아 보이는감?"

"아니, 그런 건 아닌데."

생각해 보니 억울하네?

그렇다고 네가 늙어 보이는 건 또 아니잖아?

애초에 요괴는 외관만으로 나이를 짐작할 수 없다!

우리 랑이만 봐도 누가 5천 년 넘게 살아왔다고 생각하겠어?!

그렇게 마음속으로 울분을 터트리고 있을 때.

"후우……."

깊은 한숨을 지은 알리사르라가 내게 말했다.

"미안하네. 이 늙은이가 조금 흥분을 해 버리고 말았어. 하지만 이해해 주게. 에이브릴은 이 늙은이의 단 하나뿐인 손녀이니 말이야. 그렇기에 내 가문의 성을 내어 준 것이고."

"손녀."

상상도 못 한 단어가 튀어나왔다.

"손녀 말이지."

워낙 다양한 말투를 쓰는 녀석들 사이에서 지내다 보니, 알리사르라가 자신을 늙은이라고 부르는 것도 그런 종류의 것으로 생각해 온 나로서는 다소 충격적이었다.

그건 알리사르라의 겉모습이 20대 중반도 채 안 된 것처럼 매력적인 누님으로 보인다는 것도 한몫하지.

하지만 동시에 많은 의문이 사라지고 생겨났다.

"……에이는 나한테 보육원에서 자랐다고 했는데."

하지만 알리사르라를 단순한 후원자라 알고 있다는 것까지는 말할 수 없었다.

내 말을 들은 알리사르라의 표정이 지금 당장 울어도 이상하지 않을 것처럼 변했으니까.

"그건…… 그럴 수밖에 없는 이유가 있다네. 부디 그 이상은 묻지 말아 주었으면 좋겠네, 요괴의 왕. 벌써 수백 년이 흘렀건만 지금도…… 그래, 이 늙은이에게는 바로 오늘 있었던 일처럼 너무 아픈 이야기이니 말이야. 자네에게 부탁하는데, 정녕 알고 싶다면 그 이유는 그녀에게 물어봐 주게."

나는 인정에 기대는 알리사르라를 차마 무시할 수 없었다.

"그래."

남의 아픈 상처를 헤집는 취미는 없으니까.

거기다 알리사르라가 이렇게까지 말했으니 세희도 군말 없이 알려 줄 것 같고 말이야.

"그러면 말이다."

그래서 나는 화제도 돌릴 겸, 한 가지 마음에 걸리는 점을 풀기 위해 알리사르라에게 말했다.

"내가 부르자마자 바로 온 진짜 이유, 뭐냐?"

"음? 그건 또 무슨 말인감? 진짜 이유라니? 이미 말했지 않나, 이 늙은이가……."

"거짓말하지 마."

나는 알리사르라의 말을 자르고 그 붉은 눈동자를 똑바로 노려보며 말했다.

"그런 뻔한 소리나 하겠다고 왔다고 하지 말고, 내게 하고 싶은 말이 있으면 지금 해라. 괜히 나중에 귀찮게 하지 말고."

내 추궁에 알리사르라가 당혹스러워하며 말했다.

"믿고 안 믿고는 자네의 마음이지만, 그게 사실인 걸 어찌하겠는감? 이 늙은이는 정말 다른 의도 같은 건 없었다네. 자네가 내 제안을 거절할 가능성이야 당연히 높다고 생각했지. 하지만 그렇다고 말도 꺼내 보지 않고 포기할 수는 없지 않은감?"

듣고 보니 맞는 말이라 할 말이 없긴 하지만, 그래도 내 의심은 사라질 생각을 하지 않았다.

"……진짜?"

알리사르라가 측은한 눈빛으로 나를 바라보며 말했다.

"자네, 지금까지 속고만 살아왔는감?"

예.

내가 스스로의 삶을 돌아보며 인생의 씁쓸함을 되새기고 있을 때.

"아, 그래, 그렇군. 한 가지 있긴 했네."

내 귀가 번쩍 뜨이는 말이 들려왔다.

그래! 난 틀리지 않았어! 난 의심병 환자가 아니야!

"뭔데?"

내 질문에 알리사르라는 고혹적인 미소를 짓고서는 슬쩍 몸을 움직여 나와의 거리를 더욱더 좁혔다. 내가 살짝 팔을 움직이기만 해도 피부가 닿을 것 같은 간격에서, 알리사르라가 속삭이듯 말했다.

"전에 보아하니, 우리 요괴의 왕께서 이 비루한 몸에 여러모로 관심을 가지시더구먼. 그래서 이런 자리를 마련하여 자네를 유혹한다면 젊은 혈기를 이기지 못하고 내 청을 들어줄까 싶은 계산 정도는 있었네."

……차라리 의심병 환자가 되는 편이 나았을지도 모르겠다.

그런 내 속을 아는지 모르는지.

아니면 알면서 모르는 척하는 건지, 알리사르라가 슬쩍 내 팔을 잡아 자신의 가슴팍 사이에 끼우고 몸을 돌려 한쪽 다리를 내 허벅지 위에 올려놓으며 말을 이었다.

"어떠한가? 지금이라도 늦지 않았네, 요괴의 왕."

순간 온몸에서 느껴지는 생생한 피부 감촉에 이성이라는 이름의 강철을 맨손으로 부숴 버릴 뻔했지만!!

"아니, 됐다니까."

나는 알리사르라보다 더욱 뛰어났던 나래를 떠올리며 유혹을 이겨 낼 수 있었다.

……뭐가 더 뛰어난지는 말하지 않겠습니다.

"캬아아앙!!"

지금 그럴 상황도 아닌 것 같고.

"대체 언제까지 씻을 거야, 이 느림보야! 빨리 나와! 우리 배고프단 말이야!!"

지금 안방에는 굶주린 짐승, 아니, 아이들이 나만 기다리고 있었으니까!

"아! 미안! 금방 나갈게!"

문이 있는 쪽을 바라보며 힘껏 목소리를 내자 아야는 "빨리 나와, 이 피부 쭈글쭈글아!"라는 말로 답하고서는 나갔다.

"……왜."

그리고 그런 나를 알리사르라가 흐뭇한 표정으로 보고 있었다.

"요괴의 왕께서는 아이들을 정말 좋아하시는 것 같아서 말일세."

"……칭찬 고맙다."

순수한 칭찬 맞지? 다른 의미가 있는 거 아니지?

내가 그동안 당한 게 많아서 말이야.

그에 대한 진위는 나중에 가리고, 이제 슬슬 일어나자. 배고픈 아이들을 더 기다리게 했다가는 무슨 일이 벌어질지 모른다.

"그러면 요괴의 왕."

알리사르라는 내 사정을 생각해 준 것 같고.

"하고 싶은 이야기도 끝났겠다, 정을 나눌 일도 없어 보이니 이 늙은이는 이만 가 보겠네. 날은 세희 양을 통해 잡을 테니, 그동안 잘 지내시게나. 다시 만날 때는 부디 손속에 사정을 둬 주시고."

하지만 내 상황은 이해해 주지 않은 것 같다.

"아니, 잠깐!"

나는 아무 생각 없이 욕탕에서 일어나려고 한 알리사르라를 다급하게 멈춰 세웠다.

지금 이대로 일어나면 상당히 곤란하니까!

"흐음?"

그래서 나는 멈칫한 알리사르라에게서 조금 거리를 두고서 뒤로 돌아 먼저 일어났다.

"왜 그러는감?"

왜 그러긴!

내가 어쩌다 보니 이런 상황에 익숙해졌다 하더라도 마지막 선은 지키려고 노력한다고! 하지만 가만히 있다가는 내가 그 선을 보게 될지도 모르는데, 어떻게 가만히 있냐?!

……같은 말은 할 수 없기에 나는 재빨리 잔머리를 돌려야만 했다.

그리고 그런 내 절박함이 하늘에 통했는지, 꽤나 괜찮은 생각이 떠올랐다.

"밥 먹고 가지? 점심 먹을 시간인데 말이야."

"-흐음?"

알리사르라는 갑작스럽기까지 한 식사 권유가 조금 당혹스러운 것 같다.

"그건…… 별로 좋은 생각은 아닌 것 같은데 말일세."

아니면 내 권유에 다른 꿍꿍이가 있는지 넌지시 떠 보려는 걸지도 모르고.

물론 말 못 할 다른 이유가 있지.

있지만, 나는 얼굴에 철판을 깔고 말했다.

"넌 우리나라 사람, 아니, 우리나라 태생 요괴가 아니라서 모르나 본데 한국에서는 식사 시간에 찾아온 손님을 밥도 안 먹이고 돌려보냈다간 사람이 어떻게 그럴 수 있냐고 욕먹는다."

내가 거짓말을 하는 것도 아니니까 말이야.

"……접대의 관습이야 어디나 비슷하다만, 나를 그냥 보낸다고 누가 그런 소리를 하겠는감?"

나는 아무 말 없이 알리사르라를 빤히 보았다.

내 시선에 담긴 뜻을 알아챈 알리사르라가 어이가 없다는 듯 말했다.

"이 늙은이가 그럴 거라고?"

"카페에서 만났을 때만 해도 하하호호 하던 녀석이 아무리 손녀 때문이라고 해도 갑자기 TV에서 도전장을 던졌는데, 그 정도도 못 하겠냐?"

만약에 알리사르라가 요괴넷 같은 곳에 '요괴의 왕의 집에 방문했는데 밥도 안 주고 쫓아냈다.'라는 글이라도 올리면 세계적으로 내 이미지는 끝장이다.

"그건……!"

그런데 알리사르라는 억울하다는 표정으로 말을 하려다 말고 숨을 삼켰다.

응? 뭐지? 아직 내가 모르는 사정이라도 있는 건가?

그에 대해 추궁해 볼까, 아니면 식사 권유부터 마무리 지을까 고민하고 있을 때.

알리사르라가 깊은 한숨을 내쉰 뒤 말했다.

"자네는 꽤나 사람을 곤란하게 만드는 재주가 있구먼."

"요즘에 내가 듣고 배운 게 다 그쪽이라서."

세희와 비교하면 아직 멀었지만 말이야.

하지만 알리사르라는 내 말을 조금 다르게 받아들였는지, 잔뜩 난감한 표정을 지으며 말했다.

"그렇게까지 말하면 어쩔 수 없겠구만. 그래, 요괴의 왕의 권유를 받아들이겠네."

"잘 생각했어."

그렇다면 나도 빨리 목욕탕에서 나가자.

"그럼 나는 먼저 나간다. 넌 좀 있다가 나와."

지금이야 수건으로 중요 부위는 가리고 있지만 물기를 닦을 때는 어쩔 수 없이 알몸이 되고 마니까!

"뭘 그리 부끄러워하는 겐가? 그런 천 쪼가리 하나는 이 늙은이 앞에서 없는 것이나 다름없는 것이네만."

나는 장난기가 가득한 알리사르라의 목소리를 뒤로하고 도망치듯 욕실에서 나왔다.

*　*　*

새 옷으로 갈아입은 뒤.

요술로 몸의 물기를 완벽하게 털어 낸 알리사르라와 함께 안방으로 들어가자, 나를 맞이해 준 것은 방 안에 가득 찬 향기로운 음식 냄새였다.

"그런 이유로 같이 밥을 먹게 됐어."

아이들의 커진 눈동자와 함께 말이야.

"다들 처음 뵙는구먼. 이 늙은이는 알리사르라 샤키 르비아라고 한다네."

그나마 이곳이 자기 앞마당인 랑이는 놀라지 않…….

"으냐아!"

아니, 왜 놀라는데?!

"역시, 우리 낭군님은 참으로 대범하구나!"

아, 그쪽으로 놀란 거냐.

그래도 이 정도면 나은 편이지.

"꺄우우우우?!"

[Warning! Warning!]

상황을 받아들인 치이와 페이는 완전히 비명 같은 소리를 지르며 아야의 뒤쪽으로 대피했고.

"키야아아아앙?! 왜 나한테 붙는 건데?!"

그렇게 말하면서도 아야는 급히 목걸이를 풀어 어른으로 변해 둘의 든든한 방패가 되어 주었다.

그래, 이것이 인터넷에서 흔히 쓰는 프랜드 실드라는 거겠지.

그리고 내 든든한 소꿉친구는.

"왜 목욕탕에만 결계가 열려 있나 했더니, 이런 이유였어?"

"그러면 설마 제가 나래 님이나 소희 님께서 주인님의 알몸을 훔쳐보는 걸 권장하기 위해 결계를 열었겠습니까."

"그런 짓은 하지 않아요, 세희 님. 그럴 바에는…… 잠깐만요. 생각해 보니 이건 불공평하네요. 세희 님은 언제나 성훈 씨를 지켜보고 계시잖아요?"

"말 잘했어, 소희야. 너, 안전을 위해서라는 핑계 대지 마. 그리고 내가 훔쳐볼 게 따로 있지, 왜 성훈이가 목욕하는 걸 훔쳐봐? 그냥 당당하게 같이 들어가면 되는데."

"그때는 저도 불러 주세요, 나래 님."

"……그것만은 관두시는 게 좋을 것 같습니다만, 소희 님께는 짚을 이고 불구덩이로 뛰어드는 것도 좋은 경험이 될 것 같군요."

"아니요, 그렇지 않아요. 저도 이곳에 오기 전에 그쪽과 관련해서는 많은 경험을 쌓았으니까요."

"그 모든 경험이 한순간에 무너지는 순간을 같이 할 수 없어서 정말로 아쉽군요."

"……아니, 잠깐만. 내가 정미 언니도 아니고, 그 정도는 아니거든?"

세희와 소희와 나래가 뭔가 많이 엇나가 버린 대화를 나누기 시작했다.

상당히 딴죽을 걸고 싶은 이야기였지만, 안타깝게도 내겐 그럴 여유가 없었다.

"엄마, 저 언니, 왜 안 죽어? 살아 있는 거 이상해."

성린이 순진한 얼굴로 무시무시한 말을 꺼냈으니까!

"성린, 그런 말은 하면 안 돼요. 다른 사람에 대한 예의가 아니니까요. 저분에게 사과하세요."

다행인 건 성린의 악의 없는 질문에 성의 누나가 엄한 표정으로 훈계를 했다는 거다.

"……응. 언니, 미안해."

성린도 성의 누나의 무릎에서 일어나 꾸벅 허리를 숙이며 사과했고, 알리사르라는 그 모습을 보며 조금 씁쓸한 미소를 지으며 말했다.

"괜찮네, 괜찮아. 그 아이의 말이 틀린 것도 아니니."

그리고 그러는 와중에.

"마루 다 닦았어. 도대체 뭔 흙이 그렇게 많이…… 어?"

안방에 보이지 않던 에이가 마루와 이어진 문을 열고 들어왔다.

어째서인지 19세기 빅토리아풍 메이드복을 입고 손에는 정전기 막대 걸레를 쥐고서.

겨울에는 마루가 어니까 물걸레질을 못 하거든요.

내가 그런 아무래도 상관없는 생각을 하고 있을 때.

에이는 막대 걸레를 방바닥에 아무렇게나 놓았다가 나래의 눈매가 매서워지는 것을 보고, 살포시 다시 손에 들고서는 말했다.

“리사 언니? 진짜 리사 언니 맞아?”

그 모습을 보며 씁쓸함과 기쁨이 반씩 섞인 미소를 지은 알리사르라가 말했다.

“그래, 우리 에이, 그동안 잘 지냈는감?”

“언니이이!!”

알리사르라가 얼마나 반가웠는지, 에이는 로켓처럼 튀어 나가 두 팔을 뻗으며 그 품에 뛰어들었다.

손에 막대 걸레를 든 채.

내가 보기엔 그야말로 완벽한 찌르기였지만, 대요괴 알리사르라는 고개만 옆으로 젖히는 것으로 걸레를 피하고선 에이를 안아 주었다.

“언니 진짜진짜진짜 보고 싶었어!!”

“어이쿠, 이제 다 큰 줄 알았는데, 응석이 심한 건 여전하구먼.”

“치~! 오랜만에 만났으니까 그렇지! 언니는 나 안 보고 싶었어? 응? 보육원 나간 뒤로 한 번도 안 찾아오고! 연락도 안 받고 말이야!”

“자네가 독립했으니 어쩔 수 없지 않은감? 둥지를 나섰으면 혼자 힘으로 살아가야 하지 않겠니.”

“그래도!”

알리사르라는 그런 에이의 머리를 쓰다듬어 주며 행복에 잠겼고.

참 보기 좋은 모습이다. 응, 평범하게 가슴이 따듯해지는 광경이란 말이지.

"흐음?"

하지만.

"아까 나한테 한 말하곤 좀 다르다?"

나한테는 아니다.

"너, 알리사르라를 할망구라고 불렀잖아?"

남의 속을 썩이고 있는 녀석이 자기 혼자 좋아 죽는 걸 두고 못 보는 쫌생이한테는 아닌 것이다!!

그리고 그 효과는 확실했다.

에이가 극적인 반응을 보였으니까.

"무, 무, 무슨 헛소리야! 내가 언제 언니를 할망구라고 불렀다고?! 없는 소리 지어내지 마! 그, 그래! 쫌생 오빠, 나하고 리사 언니가 생각보다 사이가 좋아 보이니까 이간질하는 거지? 응? 그래서 없는 이야기까지 지어……."

평소보다 1.5배가량 빠른 목소리로 허둥지둥 변명하던 에이는.

"사실대로 이야기해."

"언니를 할망구라고 했어요!!"

내가 쓴 언령에 바로 진실을 토해 내고 말았다.

반쯤 충동적으로 쓴 거지만 그리 힘들지도 않고, 고객 만족도 1위를 찍을 만큼 효과가 좋아서 마음에 든다.

보라.

드러난 자신의 민낯에 당황해서 손에 쥔 막대 걸레까지 놓쳐 버린 에이의 모습을.

마음에 여유가 없고 속도 좁은 나는 그 광경을 흐뭇하게 지켜보았다. 팝콘이 없는 게 좀 아쉽군.

"뭐-, 그거야 이미 알고 있는 일이었네만?"

하지만 알리사르라가 거기에 찬물을 끼얹었다.

"무엇보다 우리 에이가 보기에 이 늙은이는 할망구가 맞으니까 말일세."

인자한 누님의 모습으로 에이의 잘못을 감싸 주는 걸 보고 있자니, 갑자기 떠오르는 말이 있었다.

손녀 사랑은 나라 사랑이었나?

……아무래도 아닌 것 같지만, 어쨌든.

"어, 언니, 알고 있었어?"

알리사르라는 자신의 눈치를 살피며 조심히 묻는 에이의 볼을 아프지 않게 살짝 잡아당기며 말했다.

"오구오구, 우리 에이. 이 할망구가 그것도 모를 줄 알았니?"

에이가 눈동자만 이리저리 돌리며 어떻게 대답해야 할지 고민하고 있을 때.

알리사르라는 애정을 가득 담은 손길로 에이의 흐트러진 머리카락을 귀 뒤쪽으로 넘겨 주었다.

"그래도 말이다. 이왕이면 할망구가 아니라 할머니라고 불러 주었으면 좋겠구먼. 그쪽이 더 정감 있고 좋지 않은감?"

에이가 고개를 붕붕 흔드는 덕분에 별 의미 없는 일이 됐지만.

"그, 그런 게 아니야! 응! 진짜 아니야! 그냥, 그, 그러니까 그런 거였으니까! 진짜로!"

뭐가 아닌 건지. 그런 게 무엇인지. 진짜란 무엇인지.

당황해서 알 수 없는 변명을 하던 에이는 알라사르라의 입가에 걸린 씁쓸한 미소를 보자마자.

"읏!"

무언가 결심한 듯 주먹을 꽉 쥐고 새빨개진 얼굴로 외쳤다.

"부, 부, 부끄러워서 그랬어! 다른 애들 앞에서 언니라고 부르는 게! 그러니까 오해하지 마! 알겠지?! 언니는 앞으로도 쭉 내 하나뿐인 언니니까!"

에이의 고백 아닌 고백에 알리사르라의 표정에 안도와 아쉬움이 스쳐 지나가고, 그 자리를 성의 누나와 닮은 은은한 미소가 차지했다.

"후훗, 그런감? 그러면 우리 에이 마음대로 하시게나."

그 모습을 본 에이는 안도의 한숨을 내쉬나 싶더니 이내 볼을 부풀리고서는 말했다.

"……치, 언니는 맨날 애 취급해. 나도 이제 다 컸는데."

훈훈한 분위기의 두 녀석을 보고 있자니 배알이 꼴린다.

난 이런 훈훈한 모습을 보고 싶지 않았어.

그렇다고 다시 언령을 써 볼 수도 없는 게, 아무리 봐도 진심인 것 같단 말이지.

쳇, 그러면 어쩔 수 없군.

"자, 인사는 그 정도면 됐고."

나는 짝짝, 박수를 치며 둘만의 훈훈한 분위기를 깨뜨린 뒤 세희에게 말했다.

"일단 밥부터 먹자. 미안한데 상 좀 차려 줄래?"

"알겠습니다."

지금껏 나래와 소희와 함께 열띤 논의를 이어 나가던 세희는 그리 대답하며 자리에서 일어났지만, 곧장 부엌으로 가지는 않았다.

그저 나를 가만히 바라보는 것이, 내가 아직 할 말이 더 남아 있다는 눈치였다.

그래서 나는 궂은 집안일을 도맡아 해 주는 세희에게 감사의 마음을 담아 손가락 하트를 날리며 말했다.

"고마워."

세희의 소매 아래로 튀어나온 날카로운 칼날이 보이지 않는 하트를 반으로 갈랐다.

덤으로 내 앞머리도 살짝 잘려서 방바닥에 떨어졌고.

……그걸 왜 성린이 잽싸게 주워 가는지는 잘 모르겠지만, 어쨌든 이건 아닌 것 같군.

그러면 뭐지?

살짝 고개를 갸웃거리다 보니, 내 시야의 끝에 평소와 다른 아이들의 모습이 보였다.

정확히 말하면 긴장을 풀지 못하고 있는 치이와 페이, 그리고 아야가 말이야.

……아차.

내가 아이들에 대한 배려가 부족했구나.

나야 마음을 추스를 시간적 여유가 충분했지만 아이들은 아니었으니까.

조금 전까지만 해도 내가 알리사르라 때문에 죽네 사네 같은 이야기를 했는데, 그 당사자가 갑자기 집에 쳐들어왔으니 당황할 만하지.

나는 내 잘못을 인정하고 반성하며 세희에게 말했다.

"아, 맞다. 알리사르라가 내 손님이긴 한데, 지금 우리가 불편한 사이인 것도 사실이니까 다른 방에 따로 상을 차리는 게 좋을 것 같다. 이왕이면 에이 것도 같이. 너희도 그게 좋겠지?"

상황을 최대한 객관적으로 말하며 제안을 한 내게 알리사르라는 상당히 고풍스러운 인사로 답하며 말했다.

"배려에 감사드리네, 요괴의 왕."

그와 달리 에이는 팔짱을 끼고 턱을 있는 힘껏 들어 올린 기고만장한 자세를 취하며 말했다.

"쫌생 오빠, 갑자기 왜 그래? 설마 우리 언니 때문에 쫀……."

하지만 알리사르라가 자신의 어깨에 손을 올리며 미소를 짓자 바로 두 팔을 풀고 고개를 숙이며 말을 돌렸다.

"쫀나게 고마워! 좋아!"

비속어를.

쫀 거냐고 물으려다가 쫀나게라고 돌린 그 순발력은 인정해 주겠는데.

비속어라는 게 문제지.

에이의 입에서 튀어나온 비속어에 알리사르라는 한숨을 쉬었고, 나래는 인상을 찌푸렸으며, 랑이는 머리카락으로 물음표를 만들며 말했다.

“성훈아, 쫀나게? 쫀나게 좋다는 게 무슨 뜻이느냐? 뭔가 입에 착 달라붙는 말이니라! 쫀나! 쫀나게! 쫀나 좋으니라!”

냥이가 손에 든 담뱃대를 떨어트렸고 세희는 소매에서 칼을 뽑았다.

으음, 랑이야. 그 비속어는 말이지? 정말 드물게도 나와 나래, 냥이와 세희가 합심해서 에이를 조져 놓아도…….

아니, 고통이라는 이름의 정(釘)으로 에이의 영혼을 쪼개 버려도 이상하지 않은 말이란다.

안타깝게도 그런 일은 일어나지 못했지만.

우리의 분위기가 심상치 않다는 것을 눈치챈 알리사르라가 거의 엎드려 빌 기세로 사과를 했고, 에이도 그에 뒤따라 미안하다고 말한 덕분에 말이지.

랑이의 관심이 금방 비속어가 아닌 다른 쪽으로 쏠린 덕분이기도 하고.

“그런 일이, 냠냠, 있었구나, 꿀꺽.”

밥과 욕실에서 있었던 일 말이야.

밥상 앞에서 할 이야기는 아닌 것 같지만, 아이들이 먼저 물어 왔으니 대답을 미룰 수도 없는 일이었다.

그렇다고 이미 늦어 버린 점심 식사를 미뤘다간 굶주린 배를 움켜쥐고 안방에 쓰러지는 미래밖에 보이지 않고.

그래서 밥을 먹으면서도 가볍게 들을 수 있을 정도로 알리사르라와 있었던 일을 간략하게 설명했다.

알리사르라의 손녀가 에이라는 사실과, 같이 손잡고 사기치자고 제안했던 이야기는 빼고서 말이야.

그러다 보니 알리사르라가 이렇게까지 하는 이유를 설명할 수 없었지만, 다행히도 아이들의 관심은 다른 쪽으로 쏠렸다.

"아우우우, 오라버니를 의심하는 건 아닌 거예요. 그래도 정말 괜찮으신 거 맞는 건가요?"

[결국 '성훈 VS 알리사르라'를 해야 한다는 거잖슴.]

"크응, 내 말이 새 말이야, 이 오만아. 한눈에 봐도 아빠보다 많이 강해 보였어."

그래도 밥은 제대로 먹었으면 좋겠다, 얘들아.

이번 기회에 확실하게 아이들을 안심시켜 주지 않으면 점심 식사 내내 먹는 둥 마는 둥 할 게 눈에 보여서, 나는 사실대로 말하기로 했다.

"그러냐? 난 모르겠는데."

서울에서 처음 만났을 때도, 욕실에서 만났을 때도 나는 알리사르라가 엄청나게 강한 요괴라는 느낌은 들지 않았다.

지금 생각해 보니 오히려 한판 해볼 만한 것 같고.

알리사르라가 지금껏 힘을 드러낸 적이 없어서 그렇다고 생각할 수도 있겠지만…….

[랭크 S 보스 몹에 EX 랭크 몬스터가 옆에 있는데 A랭크가 눈에 들어오겠음?]

아니, 그것도 틀린 말은 아닌데, 진짜 그건 아니거든? 거기다 꼭 예를 들어도 몬스터와 비교를 해야겠냐.

"야, 세상에 이렇게 귀엽고 사랑스럽고 아름다우신 몬스터가 어디 있냐?"

랑이와 성의 누나를 생각하며 꺼낸 말에 페이는 음흉한 미소를 지으며 글을 썼다.

[몬스터 퀘스……?!]

하지만 정갈한 자세로 식사를 하던 세희의 젓가락이 날아가자 페이의 글은 연기가 되어 사라졌다.

머리카락도 아주 약간 말이지.

……세희가 과잉 진압한 이유는 모르겠지만, 왠지 물어봐서는 안 될 것 같단 생각이 들어 나는 자연스럽게 화제를 돌렸다.

"그보다 너희 둘은 별로 안 놀라던데, 알리사르라가 바로 올 거라는 거 알고 있었어?"

조용히 식사를 하고 있는 나래와 소희에게 말이지.

내 질문에 나래가 손을 멈칫했지만 다시 움직였고, 소희는 젓가락질을 멈추고 입가를 살짝 손으로 가린 뒤 입에 든 것을 삼키고서 말했다.

"예, 성훈 씨. 예상보다 빠르긴 했지만, 제가 알리사르라 님의 입장이었다 하더라도 성훈 씨의 요청을 바로 받아들였을 테니까요."

예상하지 못한 대답이 내 호기심을 건드렸다.

"왜?"

"가는 길이 다르긴 하지만 두 분이 바라시는 건 인간과 요괴의 공존이잖아요? 비록 공식적으로는 적대 관계가 되었다 하더라도, 사적인 자리에서까지 그 입장을 고수할 필요는 없어요. 무엇보다 알리사르라 님은 성훈 씨에게 개인적으로는 호의를 드러냈고, 성훈 씨 또한 알리사르라 님과의 대화를 바라셨죠. 그러니 제가 알리사르라 님이었다면, 승부의 결과가 어찌 되든 서로에게 최악의 상황을 막기 위한 선을 정하거나……."

소희의 눈빛이 예리해졌다.

"그자를 풀어 주면 성훈 씨와의 대결에서 티 안 나게 져 주겠다는 제안 정도는 했을 것 같네요. 성훈 씨 입장에서도, 알리사르라 님 입장에서도 그편이 가장 깔끔하게 일을 해결할 수 있는 방법이니까요."

……무섭구먼, 무서워.

일부러 알리사르라가 내게 승부 조작을 권유했다는 이야기는 안 했는데, 다 꿰뚫어 보는군.

"그래?"

하지만 나는 끝까지 모른 척하기로 했다.

별 의미는 없었지만.

"물론 성훈 씨는 그런 제안을 절대 받아들이지 않겠지만요.

그뿐일까요. 알리사르라 님의 이미지를 위해서 그런 사기극을 제안했다는 것도 절대 말씀하지 않으시겠죠. 안 그런가요?"

"마음대로 생각해라."

나는 눈웃음을 보내는 소희에게 보란 듯이 어깨를 한번 으쓱인 뒤, 나래에게 말했다.

"너는?"

"나는 조금 전에 언니들한테 알리사르라가 갑자기 모습을 감췄다는 보고를 들었거든. 우리나라에서 곰의 일족의 눈을 피할 수 있는 곳은 여기밖에 없고. 네가 씻으러 간다고 했을 때 욕실의 결계가 열린 걸 봐서 어느 정도 예상은 하고 있었어.

그렇게 말한 나래는 깊은 한숨을 내쉬었다.

"네가 알리사르라를 식사 자리에 초대할 줄은 몰랐지만 말이야."

"네놈의 사사로운 권유에 응한 걸 보니, 그 불쌍한 것과의 대화를 통해 꽤 좋은 방법을 찾아냈나 보구나."

드물게도 나래의 말을 냥이가 받아 내게 던졌다.

나는 당당하게 말했다.

"아니? 말했잖아. 결국 싸우게 됐다고."

"……."

나는 눈빛으로 항의하는 냥이에게 말했다.

"그럼 밥 먹을 시간에 찾아온 녀석을 그냥 보낼까?"

다시 한번 말하지만, 집에 그냥 보냈다가 그 사실이 세상에 알려지면 나는 대국민 사과를 해야 한다.

"……정말 그것뿐이느냐?"

그런데 넌 뭐가 그렇게 믿기지 않는다는 표정이야?

"응."

내 대답에 옆에 랑이만 없었어도 밥상을 엎어 버렸을 것처럼 인상이 험악해진 냥이가 화를 억누르며 말했다.

"핑계 하나는 정말 좋구나."

하지만 그 정도에서 끝나는 걸 보니 냥이도 어쩔 수 없는 우리나라 호랑이가 맞는 것 같다.

밥은 중요하다고, 밥은.

"그냥 솔직하게 말해도 되는데, 키히힝~."

제때 먹는 밥이 얼마나 중요한지 온몸으로 표현하던 아야가 볼에 밥풀 하나를 붙인 채 뜬금없는 말을 꺼냈다.

"응?"

"그 둘만 따로 밥 먹으라고 한 거."

"그게 왜?"

"아빠 딴에는 필사적으로 머리 굴린 거잖아, 키힝~."

그게 왜 머리를 쓴 게 되냐? 이해가 안 되지만, 나는 일단 손을 들어 내 볼을 툭툭 두드리며 대답했다.

"그 정도는 아니다."

밥은 편하게 먹어야 한다는 건 누구나 아는 사실이니까. 괜히 회사원분들께서 높으신 분과 함께하는 식사나 회식을 싫어하시겠냐.

"크응?"

아직 어린 아야는 고개를 갸웃거렸지만, 이내 손짓의 의미를 이해하고서는 얼굴을 붉히며 밥풀을 떼었다.

평소엔 볼 수 없던 일인데. 배가 많이 고팠구나, 아야야.

"캬, 캬아앙! 그게 아니라!"

일부러 소리 높여 말하는 건 어른의 여유로 모르는 척해 주자.

"그러면?"

"둘이 얘기 나눌 시간 준 거 말이야!"

"같이 밥 먹다 보면 대화야 자연스럽게 하는 건데, 그걸 뭘 시간까지……."

"이 답답이!"

아야가 꼬리털까지 부풀리며 화를 냈다.

왜 그러지? 짐작 가는 일도 없는데? 나도 모르는 사이에 뭔가 해 버린 건가?

그래서 난 이 상황을 냉정하게 분석해 줄 만한 사람을 향해 고개를 돌렸다.

"……!"

밥 한 숟가락을 수북이 뜨고 아~ 하고 입을 벌리고 있던 소희는 그대로 굳어 버렸고, 나는 소녀의 감수성을 지켜 주기 위해 아무것도 못 본 척 고개를 돌렸다.

"너, 정말 아무 생각 없었구나?"

거기에는 이미 밥그릇을 깔끔하게 비운 나래가 있었다.

나는 고개를 끄덕였고, 나래는 낮은 한숨을 쉬고서는 내게 말했다.

"감도 못 잡고 있는 것 같으니까 차근차근 설명해 줄게, 성훈아. 먼저, 우리 집에서 일어나는 일의 대부분은 1급 기밀로 분류되고 있어. 그래서 외부에 알려지는 정보는 정말 일부분인데, 그것도 나와 세희의 통제하에 있고."

그렇…… 습니까?

하긴, 우리 집 아이들의 치명적인 사랑스러움이 세상에 알려지게 되면 곤란할 테니까 말이다.

방송 쪽 사람들이 찾아와서 아이돌로 데뷔시키자고 하지 않을까? 실제로 페이는 비슷한 걸 하고 있는 것 같고.

내가 잠깐 얼빠진 생각을 하고 있는 동안 나래는 세희가 건네준 커피를 한 모금 마시고 있었다.

"인정하고 싶진 않지만, 네가 타 준 커피가 제일 맛있긴 하네."

그렇게 세희에게 고맙다는 말을 돌려 한 나래는 나를 보았다.

"그런 상황에서 에이가 문제를 일으켰고, 네가 직접 부산까지 움직였어. 곰의 일족이 제대로 된 대처를 하지 못하고 있을 때, 세희가 언론을 통제하고 나중에 공개된 내용을 간단하게 말하면……."

"'선 넘은 새끼가 하나 있어서 방금 조졌다. 집에 끌고 가서 더 조질 거다. 오늘은 내 선에서 끝났지만 호랑이와 창귀가 진심으로 빡치는 꼴을 보기 싫으면 너희들은 이딴 짓 하지 마

라. 난 분명 경고했다.'였습니다."

……갑자기 얼어붙은 밥상 분위기 어떻게 할 건데?

그나마 아이들이 밥을 다 먹고 후식을 기다리고 있던 상황이라서 망정이지.

나는 일부러 보란 듯이 머리를 긁적이며 장난스러운 목소리로 세희에게 말했다.

"인마, 네가 그때 화가 많이 났던 건 알겠는데, 꼭 그렇게 말해야겠어?"

아이들 앞에서 말이야.

하지만 세희는 내 말을 다른 식으로 해석했다.

"왜 남의 일처럼 말씀하시는 겁니까, 주인님?"

왜 그때 그렇게 말했는지에 대한 추궁으로.

"이는 제가 모시는 분께서 세상에 전하라고 하신 어명이었는데 말이죠."

"내가 언제 그랬다고!!"

물론 내 입장에서는 열불이 터질 만한 일이었다.

안 그래도 사람들한테 나쁜 인상이 박혀 있는데, 그걸 더 나쁘게 할 필요는 없잖아!

"그런 사소한 건 넘어가."

나래 님의 한마디에 사소한 일로 되어 버렸지만.

"덕분에 네가 평소에는 평화롭게 지내는 걸 좋아하지만 누군가가 선을 넘으면 엄벌하는 성격이라는 걸 사람들이, 아니, 요괴라고 해야 할까? 어쨌든 모두가 알게 됐어. 랑이와 세희도 이번 일을 안 좋게 봤다는 것도. 그런 상황에서 알리사르라는 어떻게 생각할 것 같아?"

온 가족이 힘을 모아 열심히 에이를 괴롭히고 있다고 생각할 수 있겠지, 아마.

"그래요."

나는 아무 말도 하지 않았지만 소희가 나래의 말을 이어받았다.

"알리사르라 님은 분명 그자가 자신이 저지른 죄에 대한 합당한 처벌을 받고 있다고 생각했을 거예요."

소희의 말을 듣자마자 내가 열심히 일하고 있을 때 방바닥에 누워서 낮잠을 즐기던 에이의 모습이 떠올랐지만 금세 사라졌다.

소희의 이야기가 끝나지 않았으니까.

"하지만 알리사르라 님도 그 주제를 모르는 요괴가 자신이 저지른 죄에 비해 가벼운 형벌을 받을 거라는 생각 정도는 하고 있겠죠."

왜냐고 묻기 전에 랑이가 불쑥 대화에 끼어들었다.

"그야 우리 성훈이가 착한 건 하늘이 알고 땅이 알고 모두가 알고 있으니까 말이니라."

덕분에 성의 누나와 성린을 제외한 가족들의 시선이 뜨뜻미지근해지긴 했지만, 내 마음만은 따듯해졌다.

[착함 앞에 '알고 보면'이 빠졌음.]

넌 거기에 꼭 초를 쳐야겠냐?

"에헤헤헷."

문제는 랑이도 머리를 긁으며 어색하게 웃을 뿐이라는 거였다.

그 모습이 또 귀여워서…….

"또 밥보한테 헬렐레하고 있어, 저 멍청이."

"아우우우, 그야 오라버니니까 어쩔 수 없는 거예요."

잠깐 정신이 랑이에게 팔릴 뻔했지만 딴죽을 거는 두 녀석 덕분에 정신을 다잡을 수 있었다.

"엄마, 언니들이 질투해!"

성린의 한마디에 아무 의미 없어졌지만.

다행인 건 나만 그렇지 않았다는 거다.

"아우우우!! 지, 질투는 누가 질투를 한다는 건가요?!"

"캬아앙! 그래! 질투 같은 건 안 했어!"

성린은 두 뺨이 새빨개져서 항의하는 치이와 아야를 보다가 고개를 돌려 성의 누나를 올려다보았다.

성의 누나는 자애로운 미소를 지으며 성린의 머리를 쓰다듬어 주었다.

"성린, 정말 질투가 맞나요? 제가 보기에 치이와 아야는…… 그래요, 부러움. 부러워하는 것 같아 보이는데요."

"아, 맞다! 질투는 미워하는 거니까 아니야! 응! 엄마, 똑똑해!"

"고마워요, 성린."

……지금 이게 맞나 모르겠지만, 지금 중요한 건 치이와 아

야 덕분에 보일러를 틀지 않아도 될 정도로 방 안의 공기가 후끈해졌다는 거다.

말 한마디로 난방비를 천 원 정도 아낀 성린이 해맑은 미소를 지으며 내게 말했다.

"아빠, 치이 언니하고 아야 언니가 랑이 언니 부러워해! 그러니까 언니들 보면서도 헬렐레해 줘! 헬렐레!"

아니, 내가 언제 헬렐레했다는 거냐.

그냥 흐뭇한 감정을 숨기지 않고 드러냈을 뿐이다.

지금처럼.

"아우우우……"

"키이이잉……."

아야와 치이는 누가 먼저라고 할 것 없이 새빨개진 볼을 숨기기 위해 고개를 숙였다.

"흠! 흐흠!"

그 모습을 보고 있자니 옆에서 소희의 헛기침 소리가 들려왔다.

고개를 돌리니 살짝 뿌루퉁해진 소희가 나를 보고 있었고, 나는 소희의 머리를 쓰다듬으며 말했다.

"미안, 이야기하던 중이었지?"

"……제가 이야기할 때는 저한테 집중해 주세요, 성훈 씨."

독점욕을 살짝 내비치는 소희의 모습이 귀여워서 계속 쓰다듬어 주고 싶군.

하지만 소희가 부채를 들어 아주 살짝, 정말 아주아주 살짝 내 손목을 톡 건드리는 것으로 나는 화제를 돌리기로 했다.

"음, 그러니까 정리하자면……."

나는 솔직히 말했다.

"어디까지 이야기했지?"

"네가 에이한테 험하게 굴 사람은 아니라고 알리사르라가 생각했을 거란 이야기까지였어."

나는 나래를 보며 엄지를 들어 감사의 뜻을 전하며 말했다.

"그러면 문제없는 거 아니야?"

미련이 가득한 눈으로 내 손을 바라보고 있던 소희는 내 질문에 왼손으로 부채질하며 말했다.

"하지만 인간이든 요괴든, 자신의 눈으로 직접 확인하지 않으면 미혹에 시달…… 실례했어요, 마음이 편하지 않을 수밖에 없어요. 알리사르라 님에게 그자가 소중하면 소중할수록 말이죠. 그런 상황에서 세희 님을 통해 성훈 씨의 연락이 간 거죠."

아하, 그래서 세희가 연락하자마자 바로 온 거구나.

"좋아, 여기까지는 대충 알겠다."

그런데 말이다.

"내가 둘이서 따로 밥 먹을 시간을 준 게 어째서 내가 머리를 쓴 게 되는 거냐?"

"잘 지내고 있으니까."

나래가 툭 하고 던진 말에 나는 고개를 갸웃거릴 수밖에 없었다.

"잘……?"

에이가?

"그 정도면 잘 지내는 거 맞아."

"족쇄를 채우고 독방에 가둔 것도 아니고, 그렇다고 고문을 한 것도 아니잖아요?"

"제가 직접 벌을 준 것도 아니고 말입니다."

살 떨리는 이야기가 오가자 치이가 몸을 부르르 떨며 말했다.

"아우우우, 그런 무시무시한 이유가 아니라도 편한 건 맞는 거예요. 제대로 할 줄 아는 일도 없는데 밥도 주고 헛간에서 재운 것도 아닌 거예요."

"크응, 맞아. 매일 물 길어 오고 사냥하고 요리하고 뒷정리하고 청소하는 게 얼마나 힘든데."

……자기 경험에 기반한 치이와 아야의 주장에 눈물 한 방울이 또르륵 흘러내리려다가 멈췄다.

"아니, 잠깐. 너, 우리 집 오기 전에 청소는 안 하고 지내지 않았냐?"

나도 모르게 건 딴죽에 아야가 볼만큼이나 꼬리를 붉게 물들였다.

"캬아앙! 그땐 아빠가 제대로 못 봐서 그랬지, 집 안은 깨끗했단 말이야!"

그랬나?

그때는 정신이 없었던 것도 있고, 오래전 일이라 잘 기억이 안 나네.

그래서 나는 슬쩍 눈짓으로 세희에게 물어보았고, 완전 기억 능력을 가지고 있는 천재는 아무렇지 않게 말했다.

"지금도 깨끗합니다, 아야 님. 깔끔하게 타 버렸으니까 말이죠."

"키이잉……."

독사의 혀도 가지고 있다는 걸 깜빡했군.

나는 급히 화재, 아니, 화제를 원래대로 돌렸다.

"아, 아니, 그것보다 에이가 잘 지내는 걸 확인한 게……."

나는 하던 말을 멈췄다.

같은 말을 세 번이나 반복하다 보니 머릿속에서 무언가가 번뜩였으니까. 그 실마리를 놓치지 않은 나는 소희가 무슨 말을 하고 싶었는지 알 수 있었다.

"……에이가 잘 지내고 있는 걸 확인했으니까 알리사르라가 진심으로 나와 싸울 이유가 없어졌다는 거군."

"저는 오히려 일부러 질 가능성이 높아졌다고 생각해요, 성훈 씨."

생각해 보자.

알리사르라에게 요괴의 왕이라는 자리는 별 의미가 없다. 죽을 날만 기다리고 있는 녀석에게 요괴의 왕 같은 게 무슨 소용이 있겠어?

하지만 그녀는 에이를 위해 내게 도전했다.

꼭 그런 극단적인 방법을 선택하지 않아도 많은 선택지가 있었을 것 같지만, 일단 그건 넘어가자.

알리사르라에게 중요한 건 에이의 안전이지, 요괴의 왕이라는 자리가 아니라는 말이다.

그리고 지금.

알리사르라는 에이가 우리 집에서 안전하고 편안하게 지내고 있다는 걸 두 눈으로 확인했다.

안심했겠지. 더 나아가 지금 상황이 에이에게 좋다고 생각했을 거다.

그런 알리사르라가 과연 나와 진심으로 맞서 싸울까?

나는 아니라고 본다.

오히려 티 안 나게 져 줄 확률이 높겠지.

이미 내가 승부 조작 제안을 거절한 상황이니까.

즉, 내가 제안을 거절했음에도 상황은 바뀌지 않았다는 거다.

"왜 그렇게 표정이 좋지 않으냐, 이것아."

"……."

"너는 약속된 승리를 취할 수 있어 좋고, 그치는 마음의 짐을 덜 수 있는 일이니라. 결국 모두가 행복한 결말. 이는 네놈이 바라는 해피엔딩 아니느냐."

비웃음이 가득 담긴 냥이의 말에 저절로 얼굴에 힘이 들어간다.

좋은 일이라면 좋은 일이 맞지.

모두가 행복한 결과로 이어지는 것도 좋다.

하지만!

하지만 말이다.

"그래도 이건 좀 아니잖아."

뭐라고 제대로 설명할 수 없지만 이건…….

"아우우우, 지금 오라버니 표정이 게임 한 판만 더하고 같이 놀기로 했는데 상대편이 대충 하다가 한타 전에 항복했을 때의 페이하고 꼭 닮은 거예요."

간지러운 머릿속을 긁어 주는 치이의 말에 나도 모르게 외쳤다.

"그래! 그거다!!"

"……."

"……아니, 그게 다는 아니지만."

가족들의 시선이 그리 곱지 않은 걸 보고 급히 말을 덧붙여야 했지만.

그래도 치이 덕분에 뭐가 마음에 걸렸는지 알 수 있어서 쉽게 말을 꺼낼 수 있었다.

"내가 가장 마음에 들지 않는 건, 알리사르라가 내 말을 제멋대로 써먹으려 든다는 거야."

나는 요괴의 왕으로서 선언했다.

나한테 불만이 있으면 요괴답게 한판 붙어서 해결하자고.

그런데 그 후에 일어난 일들을 생각해 보자.

에이는 나와의 승부에서 유리한 위치에 서기 위해 어머니와 나래를 납치했다.

알리사르라는 에이의 안전을 위해 승부 조작을 권유했고, 이제는 일부러 패할지도 모른다.

살아오면서 내 뜻대로 된 일이 손으로 셀 만큼 적긴 하지만, 그래도 이건 좀 너무한 거 아닐까.

광화문에서의 내 발언은 그렇게 가벼운 게 아니었는데 말이야.

아니면 이 녀석들은 **내 선언을 가볍게 만들 생각인가?**

"……마음에 안 들어."

나는 이런 일이 벌어지는 걸 보기 위해 사람들과 요괴들 앞에 선 것이 아니다.

"그렇다 한들 주인님께서 하실 수 있는 일이 무엇이 있겠습니까?"

오해하면 안 된다.

세희는 지금 시비를 거는 게 아니라, 앞으로 어떻게 할 거냐고 정중하고 예의 바르게 묻고 있는 거니까.

그래서 나도 경건하고 엄숙한 마음으로 대답해 주었다.

"인성질."

진심이 아니라면, 진심을 낼 수밖에 만들어야지.

안 그래?

세 번째 이야기

알리사르라와 에이는 꽤나 긴 시간을 단둘이서 보냈다.

오랜만에 알리사르라를 만난 에이가 하고 싶었던 이야기가 많았던 걸까.

아니면 알리사르라가 큰 사고를 친 에이에게 하고 싶었던 말이 많았던 걸까.

어느 쪽이든 상관없는 이야기지.

중요한 건 알리사르라와 에이를 기다리던 아이들이 식곤증에 꾸벅꾸벅 졸기 시작해서, 억지로 이불 위에 눕히고 나서야 둘이 나왔다는 거다.

덕분에 나는 세희와 소희만을 대동한 채 알리사르라와 에이를 마주할 수 있었다.

"정말 고맙네, 요괴의 왕. 정말 고마워."

안방에서 나갔을 때보다 훨씬 안색이 좋아진 알리사르라는 내게 깊이 허리를 숙이며 감사를 표했다.

야, 그러지 마라. 왠지 모르게 양심이 찔리니까.

"뭘 그렇게까지 그래, 언니? 우리 쫌생 오빠는 그냥 애교 한 번 부려 주면 헬렐레~ 하고 마는데. 맞지? 응?"

그것도 건방진 에이의 모습을 보는 순간 사라졌지만.

그래, 고맙다.

양심의 가책은 무슨 양심의 가책. 생각했던 대로만 하자, 생각했던 대로만.

"……그건 가만히 듣고 넘어갈 수 없네요. 당신은 성훈 씨에게 좀 더 예의를 갖출 필요가 있어요."

내가 세운 계획은 소희도 알고 있지만, 아무래도 그 전에 에이의 언행을 바로잡고 싶은 것 같았다.

그 모습에 알리사르라는 난처한 표정을 지었지만, 에이는 조금도 달라진 것 없이…….

"응? 으응? 흐으으음~?"

아니, 재밌는 걸 눈치챘다는 듯 나와 소희를 번갈아 보고서는 시건방진 웃음을 터트렸다.

"꺄하하핫~! 뭐야, 뭐야, 뭐야? 너, 설마 아니지? 응? 에이, 설마. 말도 안 돼. 내가 오빠하고 좀 친한 척 좀 했다고 질투하는 건 진짜 아니잖아. 응, 응. 무슨 꼬맹이도 아니고 말이야."

얼굴을 살짝 붉힌 소희가 말했다.

"……그런 게 아니에요."

"구런 게 아니에여~."

역시 소희는 착하다.

세희였다면 당장 한 손으로 에이의 머리채를 잡고 두 발이 땅에 닿지 않도록 만들었을…….

아, 취소.

아사달과 함께 험한 세상을 살아왔던 소희는 어느새 흉흉한 돌기가 잔뜩 돋아나 있는 미니 철퇴를 역수로 쥐고 있었으니까.

암살자들이 무기를 숨기는 것처럼 말이야.

에이가 지금이라도 사과한다면 저 철퇴가 선죽교에서처럼 휘둘러지는 일은 없겠지만, 지금도 "푸웁~♥ 대체 저런 애가 뭐가 좋은 건지 모르겠단 말이야? 잘생긴 것도 아니고, 성격도 나쁘고, 눈치도 없고, 응, 응. 10점 만점에 잘 쳐 봐야 4점 정도?" 같은 말이나 하고 있으니…….

아니, 잠깐.

듣고 있자니 빡치네?

다른 사람을 어떻게 생각하고 평가하든 그건 개인의 자유다. 하지만 그걸 입에 담는 건 다른 이야기지.

그래서 나는 그 책임을 에이에게 물으려고 했지만.

"꽤엑!"

그 전에 에이가 날것 그 자체인 비명을 지르며 땅바닥에 엎어졌다.

알리사르라의 주먹을 맞고서.

꿀밤이 아니다. 주먹이다.

휘유~

너무나 깔끔한 한 방에 나도 모르게 휘파람을 불고 말았지만, 알리사르라는 그저 엄한 목소리로 에이를 꾸짖을 뿐이었다.

"내 조금 전에 누누이 말했지 않았는감! 이곳에서만이라도 언행에 주의하라고 말이네! 이래서야 어찌 내 안심하고 이곳을 떠날 수 있겠는가?!"

기절한 녀석한테 의미가 있나 싶지만 말이야.

"아, 아, 아프잖아, 언니!"

기절 안 했구나.

의외로 맷집은 있는 거 아닐까 싶네.

"아파! 머리 깨지는 줄 알았어! 갑자기 왜 때려?!"

에이가 두 손으로 머리를 감싸안으며 바락바락 대들었다. 그런 에이를 보는 알리사르라의 눈매는 차갑게 변했고.

"……."

뭔가 분위기가 이상하게 흘러간다고 생각했는지, 에이가 알리사르라의 눈치를 보며 말했다.

"그, 그리고 말이야, 언니. 내가 오빠한테 좀생이라고 놀리긴 하지만 이건 장난……, 아니다! 애교! 응! 일종의 애교거든?"

내가 모르는 사이에 애교의 뜻이 바뀌었는지 고민하는 사이, 에이가 말을 이었다.

"오빠도 진짜 좀생이는 아니니까 할 수 있는 애교. 이 정도는 진짜 레알 조금도 신경 안 쓸걸? 그치? 응?"

"신경 쓴다."

내 대답에 에이는 잠깐 할 말을 잃었지만, 말 그대로 잠깐이었다.

"꺄하하핫~♥ 쫌생 오빠, 농담 진짜 못한다."

언제 알리사르라의 눈치를 살폈냐는 듯 웃음을 터트리고선 손을 들어 내 팔을 툭툭 쳤으니까.

이거, 은근히 기분 나쁘군.

동시에 지금부터 알리사르라가 끼어들지 않으면 에이가 나한테 무슨 말을 할지 궁금해졌다. 그래서 나는 표정을 굳힌 알리사르라가 끼어들기 전에 손바닥을 보여 내 뜻을 전하고는 에이에게 말했다.

"농담 아닌데?"

"농다암 아닌데에~."

능글맞게 내 말을 따라 한 에이가 말을 이었다.

"쫌생 오빠, 나 다 알거든? 푸흐흡, 내가 전에 요괴넷에서 본 게 있는데 말이야. 오빠, 귀여운 여자애한테 매도당하는 거 좋아한다면서? 그러면 오히려 포상? 오빠한텐 이렇게 말하는 게 포상인 거지? 꺄하하핫, 바보, 변태, 로리콘, 기분 나빠, 나가 죽어♥"

동시에 소희가 숨기고 있던 철퇴의 머리가 맹렬하게 회전하기 시작했고, 세희는 빵 만들 때 쓸 법한 스탠 볼을 꺼내 그 안에 설탕과 우유를 부었다.

나는 알리사르라의 얼굴이 새하얗게 질리는 걸 보고 나서야 세희의 행동이 무엇을 뜻하는지 깨달을 수 있었다.

"아주 입만 열면 헛소리만 해요, 이 자식은."

그래서 나는 인생 최대의 측은지심을 살려 에이의 머리에 꿀밤을 먹였다.

"아얏!!"

나는 적어도 이 녀석을 빵 만들 때 들어가는 계란 꼴로 만들 생각은 없으니까.

하지만 내 인격적인 대우에 에이는 불만 섞인 눈으로 나를 올려다보다가, 이내 여유가 가득 담긴 시선으로 날 보며 말을 하려 했다.

"알리사르라."

물론 나는 더 이상 에이의 헛소리를 들어 줄 생각이 없었다. 지금이야 세희와 소희가 잘 참고 있지만, 인간의 인내심에는 한계가 있으니까.

귀신에게는 인내심이란 단어 자체가 없고 말이지.

"내가 미안하네, 요괴의 왕. 부디 이 늙은이의 얼굴을 봐서……."

"그런 것보다."

나는 에이의 머리를 손으로 누르며 자기도 허리를 숙이려는 알리사르라에게 말했다.

"혹시 말이다. 너, 나하고 싸울 때 일부러 져 줄 생각 같은 건 없지?"

어정쩡한 자세로 있던 알리사르라는 자연스럽게 허리를 펴고서 살짝 고개를 갸웃거리며 말했다.

"그건 또 갑자기 무슨 말인감?"

"아니, 그게 말이야."

나는 간지럽지도 않은 뒷머리를 일부러 긁적이며 말했다.

"우리 집 애들이 나한테 물어보더라고."

나는 내 뒤에 서 있는 세희와 소희를 가리키듯 양쪽으로 고개를 까닥인 뒤 말을 이었다.

"네가 일부러 져 줄 것 같은데, 나보고 어떻게 할 거냐고."

그게 무슨 말이냐는 듯 알리사르르라의 눈썹이 꿈틀거렸다.

그러거나 말거나, 나는 할 말을 계속했다.

"널 의심하는 것 같아서 미안하긴 한데, 애들 말을 들으니까 나도 좀 확실하게 하고 싶어지더라. 이유는 말 안 해도 알지?"

광화문에서의 내 선언은 가볍게 내뱉은 것이 아니니까.

사기극에 동참하고 싶지 않으니까.

나는 아이들 앞에서 언제나 떳떳해야 하는 어른이니까 말이다.

그러기 위해서라도 남들이 보기에 어리석어 보일 정도로 융통성 없게 굴어야 한다.

한 번.

단 한 번.

눈앞의 이득을 위해 양심을 저버리는 선택을 하게 되면, 앞으로도 좀 더 편한 길을 걸어가려 할 테니까.

그 길을 걷기 위해서는 자신의 양심과 도덕적 가치관을 스스로 짓밟아야 한다는 걸 알면서도.

물론 나도 언젠가는 그런 선택을 하게 되겠지.

나는 초인이 아닌 평범한 인간이니까.

하지만 그날이 오늘은 아니다.

지금의 나는 그래서는 안 돼.

나는 아직 최선을 다하지 못했으니까.

그렇기에 나는 알리사르라의 침묵을 긍정으로 받아들이며 다시 말했다.

"그래서 좀 확실하게 하고 싶어. 요괴의 왕으로서 처음으로 세상에 선포한 내 정책인데 첫 번째는……."

나는 자세히 설명하는 대신 눈빛으로 여전히 머리가 눌린 에이를 보며 잠시 뜸을 뒤.

말했다.

"두 번째에는 나도 모르게 사기극에 동참해선 안 되잖아? 안 그래?"

응, 응.

나는 당연하다는 듯 팔짱을 끼고 고개를 끄덕이며 대답을 기다렸다.

하지만 알리사르라는 여전히 묵묵부답이었고, 결국 나는 직설적으로 물어보기로 했다.

"그래서 넌 어떻게 생각해?"

그제야 알리사르라가 나를 똑바로 마주 보며 입을 열었다.

"어떻게 생각하고 말 것도 없지 않나. 그 이야기는 이미 끝난 것이라네. 이 늙은이는 자네의 심기를 거스르고 싶지 않아."

"그래?"

나는 안심했다는 듯 크게 한숨을 내쉬고 나서 말했다.

"다행이다. 그러면 네 이름을 걸고 맹세할 수 있겠네? 네가 하늘에 점지어 받은 이름을 걸고 나와의 대결에서 정정당당하게 온 힘을 다할 거라고 말이야."

이제야 알리사르라가 난색을 표하며 말했다.

"그건…… 조금 너무 나간 게 아닐까 하네, 요괴의 왕. 생각해 보게. 이 늙은이가 죽을 날이 머지않았다 한들 명색이 대요괴라네. 그런 내가 온 힘을 다하면 자네는 물론이고 이 땅에 큰 상흔이 남을 것이야. 그러니 그런 맹세는 할 수 없네."

꽤나 설득력 넘치는 이유였다.

"그래?"

알리사르라의 속마음을 알지 못했다면 말이야.

"그렇단 말이지."

나는 피식 웃으며 속에서 피어나는 감정을 내뱉고는 세희에게 고개를 까닥였다.

"잠시 실례하겠습니다."

허리를 숙여 내게 인사한 세희는 얼음처럼 굳어 버린 알리사르라의 앞으로 나섰다.

알리사르라에게 머리를 잡힌 채 볼을 부풀리고 있는 에이를 향해.

그리고.

"뭐, 뭐야? 왜 나한테 그래?!"

"조용히."

"으으읍?!"

알리사르라 옆에 있던 에이의 입에 재갈을 물리고서는 손목을 난폭하게 잡아채서 내 옆으로 끌고 왔다. 마치 가축처럼 끌려가는 에이의 모습을 본 알리사르라의 표정에 금이 가고 속마음이 드러났지만 그야말로 순간. 주의 깊게 보고 있지 않았다면 나조차도 눈치를 못 챘겠지.

그래서 난 확신에 찬 목소리로 말할 수 있었다.

"요괴의 왕으로서 명한다, 알리사르라. 네게 딴 꿍꿍이가 없다면 지금 여기서 하늘에 점지어 받은 이름을 걸고 내게 맹세해라. 나와의 승부에서 온 힘을 다해 정정당당하게 임할 거라고."

나와 달리 알리사르라는 허리를 숙여 표정을 숨기며 말했다.

"미안하지만 그럴 순 없네, 요괴의 왕. 자네는 우리의 왕이지만 인간으로 태어나 인간으로 자랐어. 그렇기에 하늘에 점지어 받은 이름을 걸고 하는 맹세를 그리 쉽게 입에 담……."

"날 너무 무시하지 말았으면 좋겠어, 알리사르라. 이곳에서 나보다 더 말에 담긴 무게를 잘 아는 사람은 없을 테니까 말이야."

"자네는……!"

"알리사르라."

나는 쯧 혀를 차고서 말했다.

"혓바닥이 왜 그렇게 길어?"

"……."

내 생각이 확고하다는 걸 느낀 걸까.

몸을 바로 세운 알리사르라는 말을 고르고 고른 뒤 힘겹게 입을 열었다.

"……꼭 그렇게까지 해야만 하겠나?"

그리고 그건.

나를 황당하게 만들었다.

"야, 너 혹시 바보냐?"

"바, 바보? 내가 말인감?"

지금 이런 말을 하긴 좀 그렇지만.

깜짝 놀라 손가락으로 자신을 가리키며 두 눈을 동그랗게 뜨고 되묻는 알리사르라의 모습은 나이에 맞지 않게 꽤나 귀여웠다.

"아니, 잘 봐 봐. 이렇게까지 말했는데 맹세하기 싫다고 버티는 널 보면 내가 뭐라고 생각하겠냐?"

아, 내 말이 맞았구나.

이 녀석, 진짜로 나하고 싸울 때 대충 힘 빼다가 져 줄 생각이었구나.

"내가 좀 멍청하긴 해도 말이다. 설마 그 정도도 눈치 못 챌 거라 생각하는 건 아니지? 지금 대답을 미루는 것 자체가 네가 무슨 생각을 하고 있는가에 대한 반증이 되니까. 그런데 내가 그런 말을 듣고, 아~ 잘 알겠습니다. 그러면 다음에 뵐 때는 정정당당한 승부를 기대하겠습니다, 하고 넘어갈 것 같아?"

"그건……."

"그건 단지 공모죄가 방관죄로 변할 뿐이지. 안 그래?"

할 말을 잃은 알리사르라는 입술을 굳게 다물고 곤혹스러워했다.

뭐, 괜찮다. 알리사르라 입장에서는 지금 뭐라 하기 힘들 테니까.

"어쩔 수 없네. 내가 대답하기 편하게 해 줄게."

나는 세희에게 손짓을 했고, 세희는 공손히 고개를 숙이고서 에이의 등을 앞으로 거칠게 밀었다.

"끄읍?!

덕분에 발이 꼬인 에이가 얼굴부터 땅바닥에 처박힐 뻔했지만, 그 전에 겨우 허리를 휘감아 바로 세워 줄 수 있었다.

"어휴, 위험했네. 하마터면 크게 다칠 뻔했다. 응, 크게 다칠 뻔했어. 앞으로 고생 많이 할지도 모르는데, 벌써부터 그러면 안 되지."

나는 사색이 된 에이를 바라보며.

"자, 그럼 다시 돌아와서."

왼손으로 잔뜩 경직되어 있는 어깨를 쥐고서.

"너한테 남은 선택지는 두 개야."

급변한 상황을 받아들이지 못한 어린아이의 앙탈을 손바닥으로 오롯이 느끼며.

"하나는 온 힘을 다해 나와 싸울 것을 하늘에 점지어 받은 이름을 걸고 맹세하거나."

내게 숨기지 않은 적의를 드러내고 있는 대요괴에게 말한 뒤.

"네 귀여운 동생이 나한테 끔찍한 짓을 당하는 걸 두 눈 뜨고 지켜보든가."

오른손으로 에이의 엉덩이를 파앙! 소리가 날 정도로 강하게 쳤다.

"끄끼으기입?!?!"

에이의 비명 같은 소리와 함께.

"뭐, 뭐 하는 겐가?! 요괴의 왕!!"

알리사르라가 경악에 찬 눈으로 나를 보았다.

"""우와……."""

그리고 세희와 소희는 감탄과 경멸이 반반 섞인 목소리를 내며 나를 보았고.

아니, 잠깐, 야! 너희 둘은 왜 그래?! 에이를 인질 삼아 알리사르라를 협박한다는 계획은 이미 알고 있잖아!

……아, 어떻게 협박할지는 말 안 했지.

나는 세희와 소희의 시선이 더 차가워지기 전에 충격적인 상황에 정신이 나가 버린 알리사르라에게 말했다.

"끼끄으읍!! 끄이이입!!"

아니, 그 전에 발광하는 에이를 먼저 조용하게 만들어야겠군.

"움직이지 마."

그렇다고 이런 상황에서 가만히 있으면 그게 사람, 아니, 요괴겠냐.

나를 죽일 듯이 노려보던 에이는 몸을 비틀어 봤자 벗어날

수 없다는 걸 깨달았는지 갑자기 두 눈을 감았다. 동시에 에이의 몸이 안개처럼 흐릿해지며 손아귀에 잡혀 있던 어깨의 존재감 역시 옅어졌지만.

딱!

세희가 손가락을 튕기는 것과 모든 것이 원래대로 돌아왔다.

"축하드립니다, 에이 님. 주인님 앞에서 멋대로 요술을 쓰고도 살아남은 몇 안 되는 요괴 중 한 명이 되셨군요. 하지만 당신의 어리석은 만행을 눈감아 드리는 것도 이제 지겨워졌습니다. 아시겠습니까? 구더기가 파먹은 당신의 머리로도 이해할 수 있게 말씀드리자면, 이번이 마지막이라는 뜻입니다."

시베리아 한파조차 얼어붙게 만들 것 같은 세희의 협박에, 에이가 몸을 바들바들 떨며 고개를 끄덕였다.

그런데 세희의 말을 들어 보니, 에이가 나 몰래 요술을 쓴 적이 있었나 보네? 그걸 세희는 알면서도 눈감아 줬고.

아무래도 나나 가족들에게 해를 끼치는 요술은 아니었나 보다.

하지만 지금 중요한 건 그게 아니지.

나는 주먹을 불끈 쥔 채 이를 악물고 있는 알리사르라에게 여유로운 목소리로 말했다.

"생각을 정리할 시간을 줄게."

내 나름대로의 배려가 쓸모없게도, 알리사르라는 바로 입을 열었다.

"……그 전에 묻고 싶은 게 있다네."

질문에 질문으로 답하는 건 별로 좋아하지 않지만, 칼자루를 쥐고 있는 입장에서 조금 관대하게 넘어가 줄 필요가 있겠지.

내가 고개를 끄덕이자 알리사르라가 내게 물었다.

"왜 갑자기 자네답지 않은 일을 벌이는 겐가."

알리사르라의 말에 나는 잠깐 내 인생을 돌아보았다.

그러자 나도 모르게 웃음이 새어 나오는 건 어떻게 할 수 없었다.

"아니, 이게 나다운 게 맞는데?"

"자네가 그리 호전적인 성격인 줄은 몰랐네만."

"그렇긴 한데, 내가 극단적인 선택을 싫어하는 건 또 아니라서."

지금까지의 내 인생은 극단적이고 즉흥적인 선택의 연속으로 이루어져 있었으니까.

그렇다고 세희와 소희가 동시에 고개를 끄덕거리는 걸 보고 마음이 편한 건 아니지만.

"거기다 말이다."

나는 아직까지 몸을 떨고 있는 에이에게 진정하라는 뜻으로 어깨에 두 손을 올리고서 알리사르라에게 보란 듯이 앞으로 내밀며 말했다.

"지금 상황 자체가 마음에 들지 않거든."

꽤 옛날 일이지만.

나는 냥이가 해 줬던 말을 기억하고 있다.

'네놈이 말한 왕은 수없이 긴 세월 동안 지배받아 왔던 자들이 자신의 피와 노력으로 더럽히고 왜곡시킨 거짓된 개념일 뿐이니라.'

냥이의 말에 따르면 이 세상은 왕이라는 단어조차 본래의 뜻을 잃어버렸다.

신을 받들고 신명에 따라 인간들을 지배하던 왕은 수많은 피와 노력으로 지배하는 동시에 책임지는 자가 되었다.

어찌 보면 신에서 인간으로 격하당한 것이다.

나는 이것의 옳고 그름에 대해서 이야기하고 싶은 게 아니다. 고교 중퇴자나 마찬가지인 나로서는 너무 어려운 이야기니까.

나는 오로지 먼 과거의 왕과 지금의 왕이 다른 뜻을 품고 있다는 사실을 이야기하고 싶은 것이다.

그건 언어의, 어, 그러니까 뭐였더라?

시대에 따라 같은 단어라도 뜻이 달라지는 경우가 있다고 배웠던 것 같은데?

……어쨌든!

저 하늘 너머에서 인상을 쓰는 국어 선생님은 지워 버리고.

알리사르라가 내게 했던 제안은 냥이에게 들었던 왕에 대한 이야기를 기억나게 하는 구석이 있었다.

다른 것이 있다면.

피와 노력으로 왕이라는 단어의 뜻을 바꾼 자들과 달리,

알리사르라는 좀 더 편하고 쉬운 길을 선택했다는 거지.

그녀의 제안을 받아들이는 게 실리를 챙기는 것처럼 보이지만, 실상은 내 뜻을 변질시키는 길을 말이야.

그렇기에 알리사르라에게 다른 의도가 있는 게 아닌가 의심했다.

광화문에서의 선언을 가볍게 만들 생각일지도 모른다고.

알리사르라에게 다른 생각이 없다 해도 달라지는 건 없지만.

그녀의 의도야 어쨌든, 내가 양심을 저버리는 순간부터 마음을 담아 선포한 내 뜻은 변질되어 버릴 테니까.

그 순간 내 입에서 나오는 모든 말들은 한없이 가벼워지게 될 것이다.

그래서는 안 된다.

내가 비록 양심에 떳떳한 사람은 아니더라도 이건, 이 정책은, 내 선언은!

내가 세상에 채운 첫 단추다.

처음으로 세상에 온전히 내보인 내 뜻이다.

그건 내 토대가 되어 줘야 한다.

하지만 내가 유혹에 쉽게 흔들리는 나약한 놈인 것도 사실이지.

그렇기에.

알리사르라를 통해 불안의 싹을 지워 버릴 생각이다.

"속된 말로, 나한테 불만 있으면 계급장 떼고 붙자고 한 거잖아? 그런데 내 말을 무시하고 잔머리를 굴리거나 간을 보는 녀석들이 두 번 연속으로 날 찾아온 상황 자체가 마음에 안 들어. 내가 이런 꼴을 보자고 한겨울에 지리산과 서울을 왔다 갔다 하면서 그 고생을 한 게 아니야. 그러니까 이번 기회에 확실하게 알려 줄 생각이다."

마침 너는 방송에서 공개적으로 내게 도전장을 던졌으니, 꽤 상황이 좋네.

나는 그렇게 말하며 방긋 웃었다.

"찔러 보는 건 이쪽에서 사절이거든."

요괴의 왕이라는 자리는 그렇게 가벼운 게 아니니까.

내 말을 모두 들은 알리사르라는 내게 눈을 맞추지 못하고 고개만 숙인 채 한참 있다가 힘겹게 입을 열었다.

"다시 한번 사과하겠네. 이 늙은이와 저 어린것이 자네에게 큰 실례를 범했다는 것은 알겠어……."

알리사르라는 체감상 꽤 오랜 시간 동안 입을 열지 않았다.

덕분에 심심해진 나는, 주물주물주물주물.

"끄으으읍……."

잔뜩 굳어 버린 에이의 엉덩이…… 가 아니라 어깨를 정성껏 안마해 줬다.

경고는 한 번이면 족하니까.

그 모습을 보고는 표정을 일그러뜨린 알리사르라가 고통스럽게 말을 토했다.

"……하지만 아무리 그렇다 한들 자네의 말을 따르지 않으면 저 어린것에게 폭력을 행사하겠다고 협박하는 것은 너무

가혹하지 않나?”

……응?

갑자기 그게 무슨 소리야? 폭력이라니?

순간적으로 머리가 굳어 버린 나는 습관적으로 고개를 돌려 세희를 보았다.

그리고 볼이 살짝 통통해진 소희가 세희를 반쯤 가리고서는 내게 말했다.

“알리사르라 씨가 성훈 씨의 뜻을 오해하고 계신 것 같아요.”

오해, 오해라.

아, 그렇군.

그러니까 알리사르라는 내가 에이를 쥐어박는, 크흠!! 에이가 육체적인 고통을 당하는 꼴을 보고 싶지 않으면 맹세를 하라는 협박을 하고 있다 생각한 거다.

“하.”

나는 짝다리를 짚고, 눈을 부릅뜨고 있는 알리사르라에게 따지듯 말했다.

“아니, 야. 아무리 그래도 그렇지. 너는 내가 어린애를 패는 인간쓰레기처럼 보이냐?”

아무리 내가 화려한 전적들이 있어도 그런 쓰레기 같은 방식은 안 써.

나는 에이의 어깨에 살짝 힘이 빠진 것과 알리사르라의 안색이 약간 편해지는 것을 보며 말을 이었다.

"난 그냥 네가 내 말을 듣지 않으면 에이한테 반창고 세 개만 붙인 채로 선정적이고 변태적인 춤을 추도록 만들고 가끔가다 엉덩이를 손바닥으로 주무르는 영상을 두 시간 분량으로 찍은 다음에 요괴넷과 인터넷에 4K 화질로 뿌릴 생각뿐이야."

"끼야야야약!!"

입을 여는 것이 금지되어 있음에도 비명이 새어 나올 정도로 기겁한 에이가 있는 힘껏 도망치려 했지만, 미수로 끝났다.

"자, 자, 자, 자네, 지금 무슨 말을 하는 겐가?! 사, 사람으로서 어찌 그런 끔찍한 짓을 생각할 수 있는 게야!"

그와 달리 알리사르라는 얼굴을 새빨갛게 물들이며 소리 질렀고.

"축하드립니다, 주인님. 드디어 제가 폐기할 가치가 있는 쓰레기가 되셨군요. 술과 담배, 어느 쪽을 준비해 드릴까요?"

세희는 어째서인지 집사복으로 갈아입은 채 내게 깊숙이 허리를 숙였다.

마지막으로 소희는 얼굴을 붉게 물들이고서도 나를 똑바로 올려다보며 부끄러움에 살짝 떨리는 목소리로 말했다.

"저, 저는 성훈 씨의 말씀이 조, 조금도 과하지 않다고 생각……."

"우와……."

그리고 나는 조금 전에 소희가 했던 말을 그대로 따라 해 보았다.

브루투스에게 배신당한 시저의 심정을 너도 한번 느껴 봐야지.

"서, 성훈 씨?"

소희의 두 눈동자가 격하게 흔들린다.

"그, 그건 성훈 씨가……."

감탄과 경멸이 반반 섞인 목소리로 다시 한번!

"우와아아……."

"읏!"

이제야 내가 놀리고 있다는 걸 깨달았구나, 소희야.

"사실 저도 심하다고 생각했어요!"

뭐, 소희의 진심도 들었으니 놀리는 건 여기까지 하자.

"미안."

나는 자연스럽게 에이의 어깨를 놓고 소희의 머리를 쓰다듬어 주었다.

그러자 에이는 당연하다는 듯 알리사르라에게 도망쳐 갔고, 알리사르라는 그런 에이의 등에 두 팔을 둘러 손녀를 보호했다.

이런 걸 노리고 한 건 아니지만, 뭐, 좋은 게 좋은 거지.

결론을 짓기에 꽤나 괜찮은 분위기가 된 것 같으니까.

"자, 그럼 농담은 이 정도로 하고."

나는 외부의 위협으로부터 자식을 지키는 어미처럼 두 팔로 에이를 끌어안은 알리사르라에게 말했다.

"너는 어느 쪽을 선택할 거야?"

제대로 한판 붙을 거야, 아니면 손녀의 치욕 댄스를 만천하에 공개할 거야?

물론 답은 정해져 있었다.

* * *

그렇게 에이는 반창고 세 개만을 붙인 채 방송용 카메라 앞에 서서 흥겨운 멜로디에 맞춰 춤을 춰야만 했다.

……같은 일은 다행히도 일어나지 않았다.

알리사르라가 자신의 이름을 걸고 맹세를 했으니까.

물론 나는 그 맹세를 직접 듣지 않기로 했다.

"제가 대신 듣도록 하겠습니다."

세희가 알리사르라의 진짜 이름을 듣는 건 좋지 않다고 말했거든.

잘은 모르겠지만, 직감상 세희의 말이 맞는 것 같아서 나는 그러라고 했다.

절대로 아야가 무서워서 그런 건…… 맞아.

진짜로.

그런 이유로 세희와 알리사르라는 잠시 자리를 옮겼다.

"……무슨 생각이야?"

둘이 자리를 뜨자, 내가 아는 인격체 중 다른 사람의 눈치와 분위기를 파악하지 않기로 제일이라 할 수 있는 에이가 조심스럽게 내게 말을 걸었다.

"어? 너 재갈 언제 풀렸냐?"

뭔가 말을 하려던 에이는 반사적으로 고개를 끄덕이고서는 대답했다.

"어, 응? 방금 풀렸어."

세희는 에이의 입에 더 이상 재갈을 물릴 필요가 없다고 생각한 걸까.

"아, 아니, 그게 아니라! 말 돌리지 말고!"

아니면 자기는 여기 없으니까 남의 일이라고 생각한 걸지도?

"쫌생 오빤 대체 무슨 생각이야! 언니한테 왜 그렇게까지 집착해?!"

아무래도 후자 같다.

그보다 집착이라니? 내 행동이 그렇게 보일 수도 있는 건가.

나는 문뜩 궁금해져서 고개를 돌렸다.

소희가 고개를 저었고, 나는 당당히 에이에게 말할 수 있었다.

"다른 사람의 말에 귀 기울여 듣는 습관을 들여야 친구가 생긴다."

"치, 친구 같은 건 필요 없어!"

얼굴이 새빨개진 채 빼액 소리 지르는 걸 보니까 아무래도 내가 아픈 곳을 찌른 것 같다.

하지만 지금까지 친구라곤 두 명밖에 없었던 내가 뭐라 하는 것도 웃긴 일이지.

"어, 그래."

"진짜야!"

"그래, 그래. 나도 알아."

"아, 진짜! 진짜 필요 없다니까! 친구 같은 거! 듣고 있어?!"

"어."

"으으읏!!"

그보다 이 녀석들, 왜 이렇게 안 와?

요괴가 자신의 이름을 걸고 하는 맹세의 무게를 모르는 건 아니지만, 이렇게 시간이 오래 걸릴 일은 아닐 텐데.

"웃겨."

덕분에 [상태 이상 : 혼란]에서 벗어난 에이가 다시 말을 꺼냈잖아.

"솔직히 말해, 쫌생, 아니, 변태 오빠. 지금 일부러 말 돌리는 것도 그렇고, 사실 우리 언니가 예쁘고 성격도 좋으니까 어떻게 한번 해 보려는 거 들켜서 그런 거지? 응?"

천재냐, 넌.

어떻게 하면 그런 생각을 할 수 있는 거지?

그 기발한 발상에 감탄해서 입만 벌리고 있는 나를 보며, 에이는 기세를 한층 올리며 내게 말했다.

"꺄하하핫, 진짜 웃겨! 꼴에 남자라고 주제도 모르고 들이대는 거 봐. 우리 언니, 남자한테 관심 없거든?"

나는 '그럼 여자한테 관심 있나 본데. 조심해라, 너.'라는 말을 삼키기 위해 혼신의 노력을 쏟아야 했다.

"그러니까 돌아오면 괜히 관심 좀 끌고 싶어서 무리수 던졌다고 사과해. 그러면 혹시 모르잖아? 꺄하하핫, 한번 만나 줄지도?"

"으음~."

에이에게 필요한 건 묵언수행이 아닐까?

일주일 정도면 딱 적당할 것 같은데.

그래, 다른 사람의 말에 귀를 기울이며 내면의 소리에 집중하는 시간을 가지는 건 에이에게 정말 좋은 경험이 될 거다.

덤으로 내게도 꽤 좋은 훈련이 될 거고.

"더 이상 듣고 있을 수 없네요."

하지만 그 전에 소희가 왼손으로 지면과 평행이 되도록 고리를 만들고서는 오른손에 든 부채를 아래에서 위로 통과시키며 말했다.

"성훈 씨는 그러실 분이 아니에요."

"썽운 씨는~ 그러쉴 뿐~ 이 아니에요~."

소희의 말을 빈정거리며 따라 한 에이가 웃었다.

"꺄하핫! 개웃겨! 뭐가 그럴 사람이 아닌데? 쫌생 오빠, 딱 봐도 언니한테 마음 있는……."

깡!

소희가 부채를 휘두르자 에이의 머리에서 쇳소리가 났다.

"아얏!!"

부채로 머리를 얻어맞은 에이는 자리에 주저앉아서는 머리를 감싸안았다. 꽤나 아팠는지 눈물을 찔끔 흘렸는데, 소희는 조금도 신경 쓰지 않는 눈치였다.

"지금부터 제가 하는 말을 기억하세요, 이 가축 이하의 것."

활활 불타는 눈으로 에이를 노려보고 있으니까.

"당신에게 주어진 자유는 바다처럼 한없이 자비로우신 성훈 씨의 은혜에서 비롯된 것이라는 걸. 그런 주제에 100년 동안 씻지 않은 요괴의 배설 기관보다 더러운 그 혓바닥으로 성훈 씨를 모욕하는 것은 그야말로 언어도단. 그렇기에 당신이 다시 한번 같은 잘못을 저지른다면!"

촤악!

소희가 펼친 부채는 어느새 종이 부분까지 강철로 변해 있었다.

"저는 그 자리에서 당신의 머리를 반으로 쪼개 그 안에 들어 있는 것이 더러움과 추악함뿐이었다는 것을 온 세상에 증명할 겁니다. 알겠습니까?"

소희가 내뿜는 기백에는 우리 집에 계신 대요괴분들로 인해 단련된 나조차도 살짝 놀랄 정도였다.

그보다 놀란 건 따로 있었지만.

"……너, 은근히 험한 말 잘한다?"

순간 지금 말을 한 게 소희인지 세희인지 헷갈릴 정도였거든.

"앗!"

눈빛만으로 에이를 잡아먹어 버릴 것 같았던 소희는 어느새 원래대로 돌아온 부채를 펼쳤다가 접으며 말했다.

"그, 그런 게 아니에요, 성훈 씨. 지금 건, 일부러, 예, 일부러 세희 님을 따라 해 본 거니까요. 저 멍청한 것한테는 이런 말투가 조금이나마 효과적일 테니까요. 제 마음, 이해하시죠?"

응, 잘 알겠다.

"그러니까 평소 모습은 내숭이었다는 거지?"

"모르시는 것 같은데요?!"

내 농담에 당황해서 허둥대는 소희를 잠시 놔두고.

나는 여전히 머리를 부여잡고 있는 에이에게 말했다.

"괜찮냐?"

내가 말을 걸어 줘서 그런 걸까.

눈물을 쓱쓱 닦은 에이는 벌떡 일어나서는 내게 삿대질을…… 하려다가 냉정을 되찾은 소희가 부채를 움켜쥐고 눈을 부릅뜨자 슬쩍 손가락을 돌려 땅을 가리키며 입을 열었다.

"옛말에 '폭력을 휘두르는 사람을 부러워하지 말고 그의 어떠한 행동도 본받지 마라.'라고 하였습니다, 소희 님."

하지만 그 전에 언제 왔는지 모를 세희가 그 손가락을 잡아 아래로 내리고서 말을 빼앗았다.

"그러니 부디 제가 아닌 다른 분을 멘토, 실례, 표상(表象)으로 삼는 것은 어떠하십니까?"

"……죄송하지만 전제 자체가 틀렸어요, 세희 님. 저한테는 이미 표상, 아, 죄송해요, 본보기로 삼은 사람이 있으니까요. 물론 세희 님께 본받을 점이 없다는 뜻이 아니라는 건 아시겠죠?"

그렇게 말하며 슬쩍 나를 바라보는 소희의 눈빛은 절대로 인생의 롤모델에게 향할 만한 것이 아니었다.

예를 들자면…… 그래.

사흘 정도 배를 곯으며 사냥감을 쫓는 사냥꾼의 눈빛이랄까.

갑자기 등골이 오싹해지는군.

화제를 돌리자.

"그래서 알리사르라는?"

세희가 에이의 손을 놓으며 말했다.

"3일 뒤."

알리사르라의 목소리로.

덕분에 에이가 깜짝 놀라 세희를 올려다봤지만, 천의 목소리를 가진 녀석은 조금도 신경 쓰지 않으며 내 질문에 대답했다.

"3일 뒤, 이곳에서 자네의 선택을 후회하게 해 드리겠네."

목을 매만진 세희가 자기 목소리로 말을 이었다.

"그리 말씀하시고 귀가하셨습니다."

그렇다는 건 대요괴와의 결전을 준비할 시간이 3일밖에 없다는 거군.

3일이라.

괄목상대라는 말도 있었던 것 같은데, 나도 그런 사람이었으면 정말 좋겠네.

"주인님께서 그런 분이셨다면 제가 지금껏 그 개고생, 실례, 고난과 역경의 행군을 하지 않아도 되었겠지요."

뭐가 달라진 건데?

"말이 심하시네요, 세희 님. 세희 님께서 성훈 씨를 위해 고생하신 것은 저도 익히 알고 있지만, 그래도 최소한의 예를 갖춰 주셨으면 해요."

"이것이 저의 예의범절입니다."

당당하게 허리를 펴고 뽐내듯이 턱을 들어 올리는 세희를 보며 나는 할 말을 잃었다.

그리고 이곳에는 나 말고도 할 말을 잃은 녀석이 한 명 더 있었다.

"……언니가? 그냥 갔어? 나 혼자 두고?"

알리사르라가 아무 말도 없이 떠났다는 소리에 충격을 받은 에이 말이다.

멍하니 초점 없는 눈동자로 입을 벌린 채 땅을 내려다보는 걸 보니 꽤나 큰 충격을 받은 것 같다.

생각해 보니 이상하긴 하네.

에이를 죽도록 아끼는 알리사르라가 작별 인사도 하지 않고 급하게 갈 이유가 있나?

"주인님."

지금은 그에 대해 고민할 때가 아니라는 듯, 세희가 내 상념을 끊었다.

"이제 어떻게 하실 겁니까?"

세희가 턱짓으로 에이를 가리켰다.

소희도 뭔가 하고 싶은 말이 있는지 앙다문 분홍색 입술에 주름이 잡혔다. 하지만 내 눈치만 살피는 걸 보니 내가 대답하기를 기다리고 있는 것 같다.

그래서 나는 말했다.

"뭘?"

내가 아무 생각이 없다는 사실을.

그제야 소희가 입을 열었다.

"성훈 씨도 아시겠지만, 대요괴를 상대하는 건 생각보다 쉬운 일이 아니에요. 당연히 성훈 씨에게 주어진 시간을 최대한 효율적으로 쓰는 게 중요해요."

나는 고개를 끄덕였다.

지금껏 말은 쉽게 했지만, 분명 대요괴와 싸우는 건 장난이 아닐 것이다.

나 또한 최선을 다하려면 다른 곳에 신경 쓸 시간 같은 건 없겠지.

……그래도 애들하고 노는 시간이 줄어드는 건 싫은데 말이야.

내가 받아들여야 하는 어두운 현실을 깊은 한숨으로 털어내고 있을 때.

세희가 말했다.

"그렇다면 역으로 에이 님을 전화위복의 계기로 삼는 건 어떻겠습니까?"

꽤 솔깃한 이야기다.

"어떻게?"

냉혹한 눈동자로 에이를 내려다보던 세희가 손으로 자신의 목을 가로로 스윽, 그었다

다행히 아직까지 정신이 나가 있던 에이는 그 모습을 보지 못했다.

"장담하건데, 꽤나 효과가 있을 겁니다."

그야 효과가 있겠지.

알리사르라뿐만 아니라 나한테도 말이야.

소희도 나와 같은 생각인지 세희에게 반박했다.

"저것은 아직 쓸모 있는 협상 도구예요, 세희 님."

다른 생각이었다.

"협상 도구라니. 알리사르라 님과의 정정당당한 대결이 결정된 이상, 더 이상의 협상은 필요 없습니다. 아, 혹시 소희 님께서는 주인님의 승리에 대한 믿음이 부족하신 겁니까?"

"이쪽 세계에 Si vis pacem, para bellum. 평화를 원한다면 전쟁을 준비하라는 말이 있다는 건 아시겠죠, 세희 님?"

"전쟁을 준비하라는 말이 패전을 준비하라는 뜻은 아닙니다, 소희 님."

"최악의 상황을 생각하고 그에 대비하는 게 제가 하고 싶은 일이에요."

"그보다는 최악의 상황이 일어나지 않도록 예방하는 것이 저희가 해야 할 일인 것 같습니다만."

"……읏!"

말문이 막힌 소희가 얼굴을 붉혔지만, 옆에서 본 입장에선 전혀 부끄러워하거나 화를 낼 일이 아니었다.

세희는 인생의 선배로서 소희가 가야 할 길을 티 안 나게 가르쳐 주고 있는 거니까.

뭐, 이 정도는 소희도 머리가 식으면 금방 알 거다. 내가 일부러 알려 줄 필요도 없겠지.

"둘 다 적당히 하고."

그래서 나는 말다툼…….

사실 말다툼이라기보다는, 사이좋은 친구 둘이서 욕설을 내뱉으며 서로를 놀리다가 한 명이 삐치게 된 것 같은 상황을 무마시키기 위해 에이에게 말을 걸었다.

말 그대로 지금부터는 시간 싸움이니까.

“야, 에이.”

내 부름에 에이가 초점을 되찾은 눈으로 나를 올려다보았다. 그사이에 어느 정도 생각을 정리한 것 같다.

다행이네.

“그런 이유로 넌 며칠 동안 다시 감옥에 좀 있어야겠다.”

넋이 나가 있는 녀석한테 이런 말을 해 봤자 별 반응이 없었을 테니까.

“뭐, 뭐?! 갑자기 무슨 소리야아아아앗!!”

내 바람대로 에이는 화들짝 놀라 삿대질을 하다가 소희에게 부채로 손가락을 얻어맞고 비명을 질렀다.

“아프잖아!!”

에이의 항의에도 소희는 부채를 왼쪽 귀에 가져다 대고서는 아무 말도 하지 않았다.

그저 서슬 퍼런 눈빛으로 노려볼 뿐.

이야, 저렇게 있으니까 소설 속의 악역 영애가 따로 없군.

“으…….”

결국 에이는 반항을 포기하고 얻어맞은 검지를 매만지며 내게 말했다.

“쫌생 오빠, 내가 이런 말을 하는 게 이상한 건 나도 아는데…… 괜찮은 거 맞아?”

이해 못 할 소리를.

“뭐가?”

에이가 소희의 눈치를 보며 내게 가까이 오라고 손짓했다.

뭐지, 이 녀석.

내가 다가가면 소희에게 맞은 화풀이로 귀라도 물어뜯을 생각인가.

그렇게 생각하면서도 나는 습관적으로 허리를 숙이고 에이를 향해 귀를 돌렸다.

에이가 한층 더 가까이 다가와서는 손을 세워 내 귀에 대고서는 속삭였다.

“오빠는 바보라서 모르겠지만, 다짜고짜 폭력부터 쓰는 사람은 인성에 문제가 있어.”

아, 그렇군.

“아얏!”

우리 집에서 가장 인성에 문제 있는 놈의 손날 치기가 에이의 정수리에 꽂혔다.

“네가 할 말은 아니지, 이 자식아.”

“기껏 걱정해 줬더니! 왜 때려! 억울해!”

에이의 목소리에 담긴 억울도(抑鬱度)가 생각보다 높군.

“도둑놈이 물건을 훔치는 건 나쁜 짓입니다, 라고 말하면 그게 설득력이 있겠…… 아니다.”

나는 고개를 저었다.

지금 이런 잡담이나 나눌 때가 아니니까.

"그래서 감옥엔 제 발로 걸어갈래, 아니면 끌려갈래?"

"아! 맞아!"

이제야 무슨 이야기를 하던 중이었는지 떠올린 에이가 인상을 팍 찌푸리며 내게 외쳤다.

"내가 왜?! 왜 그 끔찍한 곳에 다시 가야 하는데?! 내가 뭘 잘못했다고!"

나는 세희가 소매에서 돌돌 만 두루마리를 꺼내 펼치려는 걸 손을 들어 막고는 에이를 보았다.

그래, 이 못난 녀석에게도 자신의 처우가 멋대로 정해진 이유를 들을 권리 정도는 있겠지.

그 정도는 보장해 줘야 하지 않겠나.

나는 머리를 긁적이며 에이에게 말했다.

"네가 잘못해서 감옥에 가는 게 아니야. 네가 사고를 칠까 봐 그런 거다. 내가 준비해야 할 게 좀 많아서, 너한테 신경 써 줄 시간이 없거든. 그런데 그사이에 네가 무슨 사고라도 쳐서 문제라도 일어나면 알리사르라를 볼 낯이 없으니까, 감옥에서 안전하게 있으라는 거다."

인간과 요괴, 귀신과 신적인 존재를 통틀어서, 내가 지금껏 만난 이들 중 가장 사회성이 부족하고 제멋대로인 성격이면서 자제력도 없는데 발전도 없는 녀석이 바로 에이다.

이런 녀석을 내 시야가 닿지 않는 곳에 풀어놓았다가는 무슨 일이 벌어질지 몰라.

생각해 봐.

이 녀석 때문에 랑이가 나쁜 버릇이 들거나 나쁜 말을 하게 됐을 때를.

죽진 않아도 뼈 한두 군데는 부러지지 않을까.

이런 배경을 바탕으로 하는 내 배려심 넘치는 결정에 에이는 어이없어했다.

"신경? 나한테? 웃겨! 쫌생 오빠, 뭐 잘못 먹었어? 오빠가 나한테 무슨 신경을 써 줬다고 그래?"

야, 네가 그렇게 말하면 널 질투한 소희가 뭐가 되니.

네가 알게 모르게 여러 가지로 신경 써 준 것도 사실인데.

요 이틀 동안은 아이들하고 같이 있는 시간보다 에이와 함께 있는 시간이 조금 더 길었을 거다.

일할 때도 옆에 뒀으니까.

하지만 이런 말을 하나하나 언급하며 반론하는 것도 웃긴 일이겠지.

"그러면 이렇게 말할까."

나는 검지를 입술에 대고서는 말했다.

"기밀 유지를 위해서. 넌 알리사르라의 편이니까."

푸흡!

배를 잡고 웃음을 터트린 에이가 나를 비웃듯이 도발했다.

"쫌생 오빠가 아니라 쫄보 오빠였어?"

"그래."

"어?"

"몸 상태가 좋지 않아도 알리사르라는 대요괴야. 그런 대요괴를 상대로 한낱 인간인 내가 정면 대결을 해야 해. 그런데 겁을 안 먹으면 그게 이상한 거 아니냐? 어떻게든 이길 방법을 찾아야지."

무심코 고개를 끄덕이던 에이가 몸을 움찔 떨고는 턱을 들어 나를 올려다보며 말했다.

"그럴 거면 왜 날 이용해서 언니한테 맹세까지 시킨 건데? 그냥 적당히……."

"정정당당하게 싸운다고 약속했으니까."

나에게.

그리고 내 말을 들은 모두에게.

나는 내 뜻을 전했고, 그 뜻을 지키리라 약속했다.

"약속은 지켜야 한다. 당연한 상식 아니냐?"

에이의 눈동자가 격하게 흔들렸다.

"아."

피처럼 붉은 에이의 눈동자는 나를 향해 있었지만, 나를 향하고 있지 않았다.

내가 아닌 누군가를, 나를 통해 떠올리고 있었다.

기억을 떠올리는 것만으로도 울고 싶어지는 누군가를.

"그러니까 미안하다. 감옥에서 심심하지 않도록 장난감이나 노트북 정도는 넣어 줄게."

그렇다고 내 마음이 바뀌진 않았지만.

네 번째 이야기

얼이 빠진 에이를 세희에게 맡긴 뒤.

나는 내 방에 돌아왔다.

알리사르라와의 대화가 길어진 덕분에 슬슬 아이들이 깰 시간이지만, 지금은 생각을 좀 정리해야 할 것 같았거든.

어떻게 하면 알리사르라에게 이길 수 있을지 말이야.

중요한 건 꺾이지 않는 마음이라고도 하지만, 척추가 꺾여 버려서는 의미가 없다.

아니, 그 정도면 낫지.

그야말로 온몸이 산산조각 나서 '성훈이었던 것'이 될 수도 있으니까.

나는 책상에 앉아 노트를 펼치고 펜을 쥐었다.

"흠."

사람은 죽을 위기에 빠지면 지금까지 겪었던 일들을 떠올리고 그 안에서 해결책을 찾는다는 말이 있다.

보통 주마등이라고 하지.

직접 주마등을 보기 전에 미리 지금까지 있었던 일 중에서 도움이 될 법한 것들을 생각해 보자.

첫째는 랑이와의 일.

나는 몰랐지만 제정신이 아닌 랑이를 막았던 건 나만의 힘이었다고 한다. 이성을 잃고 난폭해진 랑이를 막은 내가 언제 죽을지 모르는 알리사르라를 이기지 못하는 건 말이…….

말이 된다.

그때는 랑이가 보여 준 나에 대한 믿음과 사랑을 기반으로 무의식적으로 마음의 힘을 쓸 수 있었던 거니까.

하지만 알리사르라에게 그런 게 있을 리 없다.

있으면 그게 더 큰일이지.

[하지만 그렇게 무섭지는 않음.]

나는 노트에 그렇게 썼다.

랑이가 내게 보여 준 믿음 덕분에.

그리고 나는 랑이를 믿는다.

나는 랑이를 믿고, 랑이는 나를 믿는다.

문제는.

[나는 내가 랑이를 믿는 만큼 나 자신을 믿나?]

그렇다면 지금 이렇게 머리 굴리고 있겠습니까.

이제 막 잠에서 깰 천사 같은 아이들 옆에서 배부른 미소를 지으며 오늘 저녁은 안 먹어도 되겠단 생각이나 하고 있겠지.

[그러니까 스스로를 믿을 수 있는 준비가 필요.]

나는 그렇게 쓰고 별표를 달았다.

예를 들어, 시험 전날에 공부하겠다고 책상 앞에 앉아 참고서를 편 다음에 휴대폰만 보다가 새벽 4시가 되었다고 가정해 보자.

그쯤 되면 내일 시험은 망한 거나 다름없다는 게 사실이다.

사실인데.

어째서인지 가슴 속에서는 근거 없는 자신감이 솟구치게 된다.

그래도 그냥 잔 것보다는 시험을 잘 보겠지, 하고.

그건 자신이 쓸모없이 소비한 시간에 의미를 부여했기 때문이다.

뭐라도 하려고 했다는 것 자체에 말이야.

그래, 지금의 나처럼.

[……이거 현실 도피 아님?]

나는 방금 적은 글 위로 선을 박박 그은 뒤에 다음 줄로 넘어갔다.

[그래서 이제 뭐 함?]

현실적인 방법을 찾아야겠지.

진짜 정신 승리와 현실 도피만 하다가 알리사르라 앞에 서면 힘든 싸움을 피할 수 없을 테니까.

진다고는 안 했다.

그렇다면 내가 알리사르라를 상대로 승리할 수 있는 방법은 무엇이 있을까.

[1번 : 인질극.]

……시작부터 인간 강성훈의 밑바닥이 보이는구나.

나는 에이의 목에 칼을 대고 혀를 날름거리며 '지금 당장 패배를 인정하지 않으면 우헤헤헷! 네 소중한 손녀가 무슨 짓을 당할지 모른다고?'라고 협박하는 방법을 머릿속에서 지워 버렸다.

애초에 그럴 거였으면 목욕탕에서 알리사르라의 제안을 받아들이는 게 나았을 테니까.

[2번 : 언령.]

이제 좀 건설적인 방법이 나오는군.

그렇다면 나는 알리사르라와의 대결에서 언령을 어떻게 써야 할까.

오늘 얼음땡을 하면서 느꼈지만, 내가 강해지는 건 큰 의미가 없는 것 같다.

랑이와 아야는 그렇다 쳐도, 치이와 페이도 잡지 못했으니까.

그렇다고 내가 감당할 수 없는 수준의 언령…….

예를 들어, 나는 성의 누나만큼 강해진다, 같은 것.

이런 언령을 썼을 경우, 말 그대로 무슨 일이 일어날지 모른다.

그때도 언령의 실체화가 일어날까?

아니, 그 정도면 다행이지.

저쪽 세계에서 보았던 사하 영주처럼 끔찍한 모습의 괴물로 변할지도 모르잖아?

이건 나중에 소희한테 물어봐야겠군.

그러면 잠시 발상을 달리해서.

언령을 통해 알리사르라를 평범한 인간 수준으로 약화시키는 건 어떨까?

아니, 이것도 위험하다.

확실하게 언령의 실체화가 일어날 테니까.

그렇다면 랑이가 그랬던 것처럼 알리사르라도 눈에 보이게 된 언령을 가볍게 박살 내거나 피하겠지.

하지만 방향성 자체는 틀리지 않은 것 같군.

나는 펜을 움직였다.

[세계를 대상으로 언령을 쓰는 건?]

놀랍게도 나는 제정신이다.

비슷한 일을 한 번 경험해 보기도 했으니까.

바로 어제 일처럼 선명하게 기억나는 일이.

어느 정도냐면, 지금도 가끔씩 잠들기 전에 생각이 나서 이불을 발로 차 버리고 벌떡 일어나 얼음이 동동 뜬 냉수를 마신 뒤 얼음을 씹어 먹고 밖으로 뛰쳐나가 척추가 시릴 정도로 차가운 바람을 쐬며 팔 벌려 뛰기와 팔 굽혀 펴기를 몇 번이나 한 뒤에야 겨우 잠들 수 있을 정도로 생생하다.

그 시작은 가을 하늘을 뒤덮은 무형의 막이었다.

그를 뒤이어 수많은 부적이 밤하늘의 별처럼 무형의 막을 뒤덮었지.

그 후에 일어난 일은 생략한다.

어쨌든 세희와 냥이가 힘을 합쳐 펼친 요술은 그 순간 세계를 뒤바꿨다.

"그렇다면 나도 할 수 있지 않을까?"

물론 여러 가지 준비와 확인이 필요하겠지만.

~~[2-1.]~~

[3. 천부인.]

어떻게 보면 2번과 연관되어 있지만, 나는 3번으로 다시 적었다.

천부인은 하위 항목에 들어갈 만한 물건이 아니니까.

나는 펜으로 책상을 툭툭 두드리며 방구석으로 시선을 돌렸다.

금속 금고가 압도적인 존재감을 뽐내고 있었다.

가구도 별로 없는 내 방에 금고가 떡하니 자리를 차지하고 있으니, 볼 때마다 이질감이 든단 말이지.

덕분에 천부인의 존재와 내가 할 일을 잊지 않을 수 있어서 좋긴 하다만.

나는 금고 앞으로 가 비밀번호를 눌렀다. 딸깍 소리와 함께 금고가 열렸다.

나는 그 안에 예쁘게 보관되어 있는 천부인을 확인하고, 휴대폰을 꺼내 예전에 녹음했던 음성 파일 중 하나를 재생시켰다.

그때, 세희는 이렇게 말했었지.

"진리로써 온 세상을 깨우치고 울려 퍼지게 하는 천령(天靈). 마음의 근본을 비추어 삼라만상을 밝히는 데 쓰이는 천경(天鏡). 그리고 마음의 중심을 세워 관념과 습관을 끊는 데 쓰이는 천검(天劍)을 뜻하는 것으로 세간에는 알려져 있습니다."

플레이 바를 조금 앞으로 넘기자 내가 찾던 부분이 들려왔다.

"천령을 능히 다룰 수 있는 자가 불은 차갑고 물은 뜨거우며 바람은 무겁고 땅이 가벼운 것이 세상의 이치라 여긴다면 천령은 그러한 세상을 만들 것입니다. 즉 천령은 세상의 개변을 위해 사용되는 물건입니다."

나는 일단 정지 버튼을 눌러 재생을 멈추고, 천령을 손에 쥐고 살짝 흔들었다.

신령한 소리가 방 안에 울리자 지친 몸과 마음에 활력이 가득 찼다.

얼음땡을 하며 쌓인 피로가 깨끗하게 씻겨 내려간 기분.

하지만 내가 천령을 손에 쥔 건 단순히 회복을 위해서가 아니다.

확인을 해 보고 싶어서 그렇지.

나는 내 주제를 안다.

인류 역사상 최고의 천재이며 귀신 중의 귀신인 세희.

요괴들의 대모(代母)이며 랑이의 언니인 냥이.

그 둘의 힘을 합쳤는데도 제한적인 공간만을 견우성처럼 바꿀 수 있었을 뿐이다.

그런 걸 나 혼자 할 수 있을까?

"후우……."

나는 깊은 한숨을 쉬고 천령을 손에 쥔 채 정신을 집중했다.

그리고 마음의 힘을 실어 천령에게 물었다.

내가 너를 통해 아주 잠깐, 내 주변만이라도 세상을 바꿀 수 있을까?

몇 번이나 물어보았을까.

이제 포기해야 하는 게 아닐까 생각이 들었을 때.

다시 들어도 황홀하고 신비한 목소리로 천령이 대답했다.

사용자님께서 문의하신 내용은 답변드릴 수 없는 항목입니다.

"네가 온라인 게임 고객 센터냐!!"

나도 모르게 소리를 질러 버렸지만 천령은 묵묵부답이었다.

그래, 너한테 무슨 잘못이 있겠냐. 애초에 이런 질문에 대답할 수 있는 수준의 자아는 없을 텐데.

또는…….

아니, 이건 너무 희망찬 생각이네.

나는 의미 없는 가정을 지워 버리고 천령을 내려놓았다.

그리고 화장실 거울과 같은 효과를 가지고 있는 천경을 들고 얼굴을 비춰 보았다.

음.

"역시 난 멋져. 잘생겼어. 끝내줘. 이러니 애들이 반하지. 난 최고야!"

이것이 사실 천경이 가진 진정한 힘이 아닐까!!

"……."

민망해진 나는 급히 주변을 둘러보았다.

다행히 아무도 없었다. 없었으면 좋겠다.

만약 이 헛소리를 들은 귀신 녀석이 있어도 모르는 척해 줬으면 좋겠다.

잠시 숨 좀 돌리려고 농담 좀 한 거니까.

"하아……."

나는 이미 화면이 꺼진 휴대폰의 전원 버튼을 누르고 중간에 멈춰져 있는 음성 파일을 다시 켜 보았다.

내가 듣고 싶은 부분까지.

"천경이란 그 마음의 힘을 온전히 비추어 세상에 드러나게 하여, 요괴들의 힘을 억누를 수 있는 억누를 수 있습니다."

즉 천경을 사용하면 알리사르라가 요괴의 힘을 쓰지 못하게 만들 수 있다는 거다.

알리사르라와의 대결에서 천경은 내게 큰 도움이 될 거다.

내가 쓸 수만 있다면.

이건 대체 어떻게 쓰는 거지? 알리사르라를 향해 들면 되는 건가? 그러면 알리사르라도 나처럼 거울 속의 자기 모습을 보고 넋이 나간다거나?

……순간, 에이에게 시험을 해 볼까 하는 생각이 들었지만, 그건 좀 너무한 것 같아서 머리 한구석에 치워 버렸다.

부디 내가 이 생각을 다시 끄집어낼 만한 일이 없기를.

그것과는 별개로 천경의 사용 방법을 배워도 모든 문제가 해결되는 건 아니다.

세희가 말했잖아.

과학 병기만으로도 모든 요괴를 죽일 수 있을 거라고.

언제나 세희의 말은 그 반대를 염두에 둬야 한다.

달리 말해 과학 병기가 없다면 요력을 쓰지 못하는 요괴라 할지라도 죽이는 건 힘들다는 이야기가 된다.

나도 비슷한 경험을 한 적 있지.

그 녀석은 영국에서 잘 지내고 있나 모르겠네.

잘 못 지내면 좋겠는데.

왠지 먼 타향에서 어울리지도 않는 메이드복을 입고 고생하는 구렁이 요괴가 곡소리를 낸 것 같지만, 기분 탓일 거다.

현실 도피로 잠시 기분 전환을 한 나는 천경을 내려놓고 마지막으로 남은 천부인을 향해 시선을 돌렸다.

천검.

타인을 해치는 것이 목적인 도구.

나는 휴대폰을 눌러 세희의 설명을 다시 틀었다.

“천검은 그 근본 자체가 병기입니다. 손에 쥔 자가 다른 이를 상처 입히기 위해, 혹은 타인에게서 자신을 지키기 위해 세상에 태어난 무기라는 것이지요.”

나는 생명을 해치는 데 쓰이는 무기를 손에 쥐었다.

여전히 손에 착 달라붙는 것이, 부엌칼로 딱일 것 같단 말이지?

하지만 만약 내가 이걸 휘두른다면.

알리사르라에게 휘두르게 된다면, 그때는 어떻게 될…….

그 순간.

눈앞에 피가 튀었다.

단 한 번, 단 한 번 휘둘렀을 뿐이다.

알리사르라를 견제하겠다는 생각에 천검을 쥔 오른손을 가볍게 움직였을 뿐이다.

그것으로.

눈앞에 서 있던 알리사르라는, 지금 이런 상황에서 하기에는 적절하지 않을지 모르겠지만, 정말 웃기지도 않게 상체와 하체가 사선으로 갈라졌다.

천검에 직접 닿지 않았음에도 불구하고.

빛을 잃은 눈동자가 나와 마주치고.

중력의 영향을 받은 알리사르라의 상체가 스르르 미끄러져 내린다.

하얗게 내린 눈이 알리사르라의 피로 물드는 것은 그다음이었다.

당황한 나는 천검을 든 손을 덜덜 떨며 뒤를 돌아보았다.

그곳에는 두려움에 질린…….

"우읍!!"

나는 속에서 올라오는 구역질을 참지 못하고…….

아니, 참아라!!

내 방에서 토할 수는 없다! 어떻게 치우려고!

"뭘 참겠다는 겁니까."

퍽!

세희가 내 등을 발로 찼다.

잠시만 기다려 주세요.

"갑자기 튀어나와서 뭐 하는 짓이야!"

세희가 고개를 갸우뚱거리며 말했다.

“지금 그 말씀은 지금 상황을 이해하지 못했으니 제게 다시 한번 같은 일을 해 달라는 요청으로 받아들이면 되겠습니까?”

슬쩍 손으로 치맛자락을 잡고 가터벨트를 찬 허벅지가 보일 정도로 올리는 걸 보니 허락만 떨어지면 가차 없이 날 차 버릴 생각인 것 같다.

나는 인상을 찌푸리고 뒷주머니에서 손수건을 꺼내 입가를…….

“이왕이면 제가 빨아야 할 손수건 대신 이쪽을 써 주셨으면 합니다.”

손수건은 다시 집어넣고 세희가 건네준 물티슈로 입가를 닦았다.

더러워진 물티슈를 쓰레기통에 버린 내게 세희가 말했다.

“토할 것 같으면 토해야지, 억지로 삼키면 오히려 몸에 안 좋습니다, 주인님.”

그건 나도 안다.

술 마시고 화장실에서 변기와 씨름하던 아버지가 종종 했던 말이니까.

그나마 다행인 건 세희가 내 등을 차는 것과 동시에 양동이가 나타났다는 거고, 감사한 건 그 양동이가 쓸모없어졌을 때 감쪽같이 사라져 줬다는 거다.

다시 말해, 내가 지금 세희에게 화를 낼 상황이 아니라는 거지.

"……미안. 못 볼 꼴을 보였네."

"주인님께서 갓난아기였을 때 기저귀를 가는 모습도 본 적 있는데 무슨 말씀이십니까? 이 정도는 약과입니다."

"……."

할 말이 없어진 나를 대신해 세희가 말했다.

"그래서, 보신 겁니까?"

나는 지금도 떨리는 오른손을 왼손으로 움켜쥐며 말했다.

"그건, 그건 대체 뭐야?"

"천검의 경고입니다."

"……경고?"

"기억력이 금붕어와 버금가는 주인님께서 제 옥음을 녹음하셨을 때 말씀드렸다시피, 천검은 그 자체로 위험한 무기입니다. 그러니 사용자가 천검을 쥐고 누군가를 해할 마음을 가지는 순간, 그 안에 깃든 자아가 그로 인해 벌어질 일들을 미리 보여 주는 것으로 사용자에게 주의를 주는 것이지요."

세희는 잠시 숨을 돌리고서는 말을 이었다.

"……라고 어렸을 때 배웠습니다."

아니, 네가 어렸을 때면 대체 언제…….

아, 전에 밤하늘이 왔을 때 들었던 게 틀림없다!

그래! 세희는 지금도 어리니까! 그래! 그렇지!

나와 함께 있으면 누가 봐도 내가 연상처럼 보일 정도로 말이야!

나는 세희의 등 뒤에 떠오른 아수라가 스르르 사라지는 것을 확인하고 나서야 입을 열 수 있었다.

"그러니까 내가 본 건 어디까지나 환상이라는 거지?"

"아수라 말입니까?"

마음을 추스를 시간이 필요하다면 자신의 농담을…….

농담 맞지?

어쨌든 잠시 농담이나 주고받자고 권한 세희에게 고마움을 느끼면서도 고개를 저었다.

"천검이 보여 준 환상."

"환상, 말입니까?"

끊어서 말한 세희는 아리송한 미소를 지었다.

"현재로서는 환상이라 여길 수도 있겠군요. 하지만 주인님께서 실제로 천검을 쓰는 날이 올 경우."

꿀꺽.

내가 마른침을 삼킨 소리를 듣고 나서야 세희가 말을 이었다.

"천검은 환상을 현실로 만들 것입니다."

세희가 소매에서 지푸라기 인형을 꺼내 위로 던진 뒤 손날로 가볍게 쳤다. 그것만으로 깔끔하게 반으로 잘린 인형이 방바닥에 떨어진다.

데굴데굴.

탁.

방바닥을 제멋대로 굴러가던 인형의 상반신이 내 발에 부딪힌 뒤 잿더미로 변했다.

나는 기겁해서 외쳤다.

"아니, 밤하늘은 대체 무슨 생각으로 이런 걸 나한테 준 거야?!"

"몇 번이나 말씀드린 것 같지만, 밤하늘 님께서는 잔혹하신 분입니다. 만 명의 요괴와 세상의 안정 중 하나를 골라야만 한다 해도, 고민 한 번 없이 후자를 선택하실 분이라는 것이지요."

무섭네.

무섭지만 무섭지 않다.

"그래서 포기하실 겁니까?"

나는 고민하지 않고 답을 냈다.

"그건 그렇고 말이야."

보류라는 답을.

"겁쟁이."

시, 시끄러!

"궁금한 게 있는데……."

"자신에게 불리해지면 누가 뭐라 하든 꿋꿋하게 화제를 돌리는 주인님의 비겁하고 소인배 같은 성격, 저는 그리 싫어하지 않습니다."

"그것참 고맙다, 야."

"별말씀을."

나는 가볍게 고개를 숙인 세희에게 말했다.

"너, 혹시 천경 쓰는 법 알고 있어?"

이 기회에 알아 두면 좋을 것 같으니까.

"천경 말입니까?"

하지만 세희는 턱에 손가락을 대고 고개를 갸웃거리며 말했다.

"그걸 왜 저한테 물어보시는 겁니까?"

"그러면 누구한테 물어봐?"

세희가 손가락을 들어 방 천장을 가리켰다.

정확히는 그 너머를.

그 대답에 나는 일부러 인상을 찌푸렸다.

"언제는 잔혹하신 분이라며?"

"그래 봤자 주인님의 성격상 무섭지만 무섭지 않다고 생각하셨을 거 아닙니까."

잘 아네.

"그렇다고 그거 하나 물어보자고 연락하는 건, 아니, 애초에 내 쪽에서 연락할 방법이나 있냐?"

"어디까지나 제 예상입니다만, 주인님께서 마음속으로 간절히 바라시면 밤하늘 님께서 버선발로 날아오실 겁니다. 누가 뭐래도 그분은 주인님을 꽤나 어여쁘게 여기시니까 말이죠."

말도 안 되는 소리 같지만 꽤나 설득력이 있다.

평소에는 대인 기피증 환자처럼 보이는 밤하늘이지만, 신령을 발할 때는 그야말로 초인적인 존재로 변하니까.

내가 자신을 찾는다면, 어떻게든 알고 찾아와 줄 수도 있겠지.

밤하늘이 날 좋게 봐주는 것도 이해가 된다.

인간과 요괴 사이의 불임 문제를 해결해 달라는 부탁을 흔쾌히 받아들였으니까 말이야.

하지만.

"그건 나도 아는데 말이다."

나는 머리를 긁적이며 말했다.

"그 녀석, 사람 만나는 거 힘들어하잖아."

방구석 폐인과 방구석 여포라는 단어는 그 녀석을 위해 존재하는 거 아닐까.

세희도 알고 있는 천경의 사용법 하나 물어보려고 대인 기피증 환자 녀석을 집으로 초대하는 건 좀 아니지 않을까?

차라리 내가 가면 갔지.

그렇게 생각하는 나를.

"……."

세희는 어째서인지 게슴츠레한 눈으로 바라보았다.

"하아……."

아니, 구제 불능의 무언가를 보았다는 듯 깊은 한숨까지 내쉬고서는 연기처럼 사라졌다.

고개를 절레절레 저으면서 말이지.

"아니, 왜?!"

억울해!

내가 무슨 이상한 생각을 한 것도 아닌데!

난 밤하늘을 배려한 것뿐이라고!

그런데 왜 무시당한 거야?!

대체, 왜!

*　*　*

답은 나오지 않았다.

나는 나중에 세희와 가장 비슷한 사고방식을 가지고 있는……

아니, 가지고 있을지도 모르는 소희에게 물어보기로 하고, 우선 나래부터 찾기로 했다.

알리사르라와의 대결이 3일 뒤로 정해졌으니, 그 기간 내에 만반의 준비를 하기 위해서는 나래와 소희의 조언을 듣는 게 좋을 것 같았으니까.

아마도 소희는 자기 방에 있을 테고, 나래는 헬스장에 있을 확률이 높다.

그러면 먼저 운동 중인 나래에게 가서, 할 이야기가 있으니까 씻고 소희 방으로 오라고 말하는 게 좋겠군.

아, 물론 그 전에 양치질부터 하고.

내 입에서 나온 것들을 세희가 처리해 줬다고 한들 양치질까지 대신해 준 건 아니잖아.

그렇게 입안의 상쾌함을 느끼며 욕실에서 나와 헬스장으로 가려고 했을 때.

안방과 이어진 문 너머로 목소리가 들려왔다.

"다시 해!"

……여기서 들어서는 안 되는 목소리를 말이야.

나는 대체 이게 무슨 일인가 싶어 아주 조심스럽게 문을 살짝 열었다.

그 틈새 사이로 보이는 건.

[응, 안 해.]

소파에 앉아 무선 게임 패드를 잡고 있는 페이와.

"왜? 무서워? 응? 무서운 거지? 푸흡, 이번에는 나한테 질 것 같으니까 그러지?"

그 옆에 나란히 앉아 조이스틱을 쥐고 있는 에이였다.

[응~ 아니야~ 내가 벌써 14번 연속으로 이겼어~]

안방에 있는 커다란 TV에는 녹아웃을 당한 캐릭터와 그 앞에서 승리 포즈를 취하고 있는 캐릭터가 있었다. 화면 구석에 떠 있는 WIN 14라는 글자는 덤이다.

……페이가 나름 신경 써 준 건가.

아니, 승리 포즈가 끝나고 찾아온 잠깐의 시간에 페이의 캐릭터가 쓰러진 에이의 캐릭터 머리 위에서 앉았다 일어서는 걸 반복하는 걸 보면 그런 것 같지도 않은데.

[응~ 허접~ 완전 허접~ 조이스틱 잡고도 14연패 당하는 개허접~]

오호호홋!

볼에 손등을 대고 몸을 들썩이며 소리 없는 웃음을 내는 페이를 보고 있자니 귀족가의 롤 머리 악역 아가씨가 떠오른다.

그 거만한 모습을 보며 랑이와 함께 바닥에 앉아 둘의 게임을 구경하고 있었던 치이가 고개를 절레절레 흔들었다.
"아우우우, 페이는 게임할 때 정말 피도 눈물도 없는 거예요."

페이의 몸이 딱 굳었다.

[충격?! 이래 봐도 꽤 봐줬던 건데!]

"……대체 어딜 봐서 봐줬다는 건가요?"

페이가 정색하며 글을 썼다.

[제대로 하면 에이 이미 움.]

그래, 그렇지.

페이가 진심으로 사람을 빡치게, 아니, 열받게 만들면 당하는 입장에선 진짜 억울하고 화가 나서 눈물이 날 정도니까.

"으으으으!!"

하지만 그런 사실을 모르는 에이는 페이의 글을 도발이라고 생각했는지 손을 부들부들 떨었다.

이해한다. 이해하는데, 그렇다고 조이스틱은 던지면 안 된다.

그건 내가 걱정했던 '사고의 영역'이니까.

하지만 내 기우와는 달리.

"후우…… 후우……."

에이는 깊은 심호흡을 한 뒤, 조이스틱을 옆에 내려놓고는 페이에게 말했다.

"질렸어. 이런 망겜, 사실 재미도 없었거든? 응, 그래. 네가 같이하자고 해서 잠깐 놀아 줬을……."

[이기면 실력 갓겜, 지면 밸런스 망겜.]

꾸우우우욱.

당장이라도 조이스틱의 스틱이 뽑혀 나갈 것 같은 소리가 들린다.

그 모습을 보며 치이는 조심스럽게 자세를 고쳐 앉는 척하며 일어설 준비를 했다.

에이가 이성을 잃으면 제압할 생각인가 보네.

"후우우우우……."

하지만 다행히도 그 주먹이 휘둘러지는 일은 없었고, 에이는 소파에서 내려와 바닥에 앉고서는 랑이에게 말을 걸었다.

"그보다 너 말야. 계속 구경만 하는 건 재미없지 않아? 그렇지? 응? 그러니까 이번에는 같이할 수 있는 게임을 하자. 네 명이서 같이. 어때? 괜찮지?"

에이의 말을 들은 치이가 고개를 갸웃거리며 말했다.

"아우우우? 원래 그런 성격이었던 건가요?"

치이의 딴죽에 볼이 붉게 변한 에이가 소리치듯 말했다.

"뭐, 뭐래! 웃겨! 내가 뭐, 너희들하고 친해지고 싶어서 이러는 거 같아? 꺄하하핫, 조금 놀아 줬다고 착각하는 거 개웃겨! 너희들 머릿속에 꽃밭이라도 있는 거 아냐?"

치이가 차갑게 식은 눈으로 랑이를 향해 고개를 돌리며 말했다.

"랑이가 감옥에 집어넣고 오는 거예요."

"으, 으냐아?"

"빨리 결자해지라는 말을 실천하는 거예요."

아, 그렇군.

감옥으로 끌려가던 에이를 안방으로 데려온 건 랑이였구나.

하긴, 랑이가 아니면 우리 집에서 누가 세희의 앞을 막을 수 있겠어?

"지, 진정하거라, 치이야. 에이도 진심으로 하는 말이 아닐 것이니라. 그렇지 않느냐?"

싸늘해지는 분위기를 수습하려는 눈물겨운 랑이의 노력에 에이가 답했다.

"아닌데?"

별로 의미가 없었지만.

"같이 놀자고 **데려와 줘서** 같이 놀아 주는 거 맞거든?"

그렇게 말하는 에이는 랑이를 제대로 보지 못했다.

흠.

저 말을 감옥행에서 구해 준 것에 대한 감사 표현이라고 받아들이려면 천사 같은 마음씨가 있어야 하지 않을까.

"보아라, 치이야. 에이도 부끄러워서 제대로 말을 못 해서 그렇지, 고맙다고 하지 않느냐?"

그게 바로 우리 랑이입니다.

[그런 거 아님. 나하고 둘이서 게임하면 무조건 질 것 같으니까 치이랑 랑이를 희생양으로 삼으려는 거임. 속으면 안 됨.]

그리고 페이는 게임 폐인다운 발상을 글로 적었다.

이 얼마나 겜악귀 같은 생각인가!

"……."

에이가 식은땀을 흘리는 걸 보기 전까지 그렇게 생각했다는 거다.

진짜냐.

미심쩍은 에이의 반응에 순진무구한 랑이의 눈동자가 흔들렸고, 치이의 눈은 역세모꼴로 변했다.

자신에게 불리한 분위기가 형성되었다는 사실을 깨달은 에이가 웃음을 터트리며 말했다.

"푸흐흣, 진짜 웃겨~ 내가 왜 그렇게까지 하는데? 응?"

[허접이니까.]

"야! 내가 격투 게임은 좀 못하지만 다른 건 진짜 잘하거든?!"

이상하다.

내가 봤을 때는 리듬 게임도 못하던데.

페이는 그 사실을 모르겠지만, 에이의 실력이야 뻔하다는 듯 어깨를 으쓱하고서는 피식 웃음을 흘렸다.

하지만 에이는 페이가 자신을 비웃어도 화내지 않았다.

순간 울컥해서 주먹을 쥐긴 했지만, 입에서 나온 말은 빈정거리는 기색이 강했으니까.

"아~ 알겠다. 응, 알겠어. 너, 쫄았지? 자기가 잘하는 거만 하다가 다른 게임 하자고 하니까 쫄아서 아무 말이나 하는 거잖아. 맞지? 푸흐흡, 그러면 됐어. 넌 빠져도 돼."

치이뿐만이 아니라 랑이의 눈빛도 미적지근하게 변한 걸 보면 에이가 무슨 생각인지 이미 눈치챈 것 같았다.

하긴, 저런 수준 낮은 도발에 걸려들면 그게 더 이상한 거지.

[이건 내 요생 최대의 도발임.]

하지만 여기엔 게이머가 있었다.

[꾸해져 있어서 신경 좀 써 줬더니, 감히 그런 말을 함? 미쳤음? 나하고 게임으로 승부를 겨룰 수 있는 건 세희 언니 정도밖에 없음. 너 같은 허접은 순살(瞬殺)임. 덤비삼. 진심으로 해 주겠음.]

폐이의 눈동자가 불타올랐다.

여기서는 잘 보이지 않지만, 어쨌든 불타오르고 있을 거다.

그리고 잠시 후.

아이들과 에이는 가운데 놓인 작은 종 하나를 둘러싸 앉았다.

아무래도 보드게임 중 쉽기로 유명한 할리갈리를 하려는 것 같…….

"너, 여기서 뭐 해?"

히이이익?!

여기서 들을 거라곤 생각지도 못한 목소리에 나는 기겁해서 뒤를 돌아보았다.

동시에.

투쾅!

안방에서 종소리라고는 볼 수 없는 둔탁한 굉음과 찰싹하고 손바닥과 손등이 마주치는 소리가 난 뒤.

"아얏!!"

"꺄우우우!"

"으냐앗!"

랑이와 치이와 에이의 비명이 들려왔다.

하지만 나는 안에서 일어나는 일에 신경을 쓸 수 없었다.

이제 막 운동이라도 하러 가는지, 레깅스와 티셔츠를 입은 나래가 나를 내려다보고 있었으니까.

"얘는?"

나래가 내 앞에 쭈그려 앉아 얼추 눈높이를 맞추고서는 말했다.

"누가 보면 내가 널 잡아먹으려는 줄 알겠어."

"실제로 그러시지 않습니까."

나래가 곰곰이 생각하다가 방긋 미소를 지었다.

"……그러네?"

덫에 걸린 짐승을 눈앞에 둔 사냥꾼의 미소라고 할까.

하지만 소인배 같고 비겁한 성격을 가진 나는 아무 일도 없었다는 듯 시치미를 떼기로 했다.

"그리고 뒤에서 갑자기 말을 걸면 다 놀라."

"갑자기? 갑자기는 아닌데?"

나래가 눈웃음을 짓는 걸 보니 인기척을 꽤 냈나 보다. 내가 아이들의 노는 모습을 몰래 구경하느라 정신이 팔려서 못 알아챈…….

"몰래 왔으니까."

아니었다!

나래가 입을 쩍 벌린 내 볼을 손가락으로 꾹꾹 누르며 말했다.

"그래서, 왜 구경만 하고 있어?"

"놀러 온 게 아니거든."

하지만 감옥에 있어야 할 에이가 안방에 있고, 아이들이 예전에 비해 에이를 친근하게 대하고 있었다. 에이 또한 아이들에게 그리 날 선 모습을 보이지 않으니, 그 모습을 잠시 지켜보고 싶어졌을 뿐이다.

내가 그동안 헛고생은 하지 않았다는 확신을 받고 싶어서.

"애초에 너 찾으려고 헬스장 가는 길이었고."

"그래?"

그런 나를 상냥한 눈빛으로 바라보던 나래가 말했다.

"같이 운동하려고?"

펙 덱 플라이 머신…….

그러니까 헬스장 가면 가슴 운동할 때 쓰는 기구 있잖아. 나도 정확한 이름은 몰랐는데 나래 덕분에 알게 됐다.

어쨌든 나래가 직각으로 세운 양쪽 팔을 바깥으로 벌렸다가 안으로 모으는 동작을 몇 번이나 반복했다.

"……."

덕분에 나래의 신체 부위가 팽창하고 모이는 아름다운 광경을 넋이 나간 듯 보고 말았지만!

나도 모르게 고개를 끄덕일 뻔했지만!

"아니, 이야기가 왜 그렇게 되는데?"

나는 강철 같은 의지로 나래의 유혹을 이겨 냈다.

무슨 깊은 관계를 맺은 연인에게 잠깐 집에서 쉬고 가라는 것처럼 자연스럽게 운동을 권하네!

"……나하고 운동하는 거, 싫어?"

물기 어린 눈으로 올려다보며 애원 섞인 목소리로 말하는 나래에게 또다시 반하고 만 내 몸이 고개를 흔들 뻔했지만.

"미안한데 지금은 좀…… 하고 싶은 중요한 이야기가 있어서. 운동은 나중에 같이 하자."

나는! 강철과 같은! 의지로! 참아 냈다!

절대 운동이 하기 힘들고 귀찮아서가 아니다.

지금은 나래의 권유를 받아들일 수 없는 상황이라 그렇지.

나래와 함께 운동을 하면 처음에는 정신적으로, 나중에는 육체적으로 탈진하고 마니까.

3일 뒤의 결전을 준비해야 할 상황이니 몸과 마음의 여유는 챙겨 두고 싶다.

……평소에 운동을 안 한 것도 아니고요.

"알리사르라 이야기지?"

나래는 이미 무슨 일이 있었는지 알고 있는 눈치다.

곰의 일족을 통해서 들은 건지, 아니면 세희나 소희가 말해 준 건지 잘 모르겠지만, 내겐 좋을 일이지.

"응."

설명할 필요가 없었으니까.

"으음~."

나래가 팔짱을 끼고서 잠시 태산과 같이 솟아올랐기에 중력의 영향에서 자유로울 수 없는 신체에 일시적이나마 자유를 주며 말했다.

"그래도 조금 있다가 갈까?"

나래가 빙긋 미소 짓고는 안방의 문을 살짝 열었다.

안방에서는 퉁퉁 부어 버린 손으로 조심스럽게 젠가를 하고 있는 에이가 있었다.

……그 반대편에서 우스꽝스러운 표정을 짓고 있는 페이가 있었고.

"너, 저런 모습이 보고 싶어서 에이를 데려온 거잖아."

"아닌데."

나는 소리가 나지 않도록 주의하며 다시 문을 닫았다.

내가 에이를 집에 데려온 건 저 녀석이 길 가다가 원한을 산 요괴에게 칼 맞고, 아니, 요술 맞고 죽는 일을 방지하기 위해서였으니까.

절대로 우리 집 아이들과 친해져서 그 싸가지…… 아니, 우리 아이들에게 나쁜 영향을 끼치는 걸 보고 싶어서가 아니다.

"정말, 평소에는 사람 눈치 안 보고 지 멋대로 하면서 이상한 곳에서만 솔직하게 말을 안 해요."

나래가 손가락으로 내 가슴을 꾹꾹 눌렀다.

오해 섞인 말과 행동이지만, 그게 그리 싫은 느낌은 아니라서 가만히 있기로 했다.

"응?"

그런데 나래가 갑자기 심각한 표정을 짓더니 손을 아래로 내렸다.

가슴에서 배로.

그리고 손바닥을 펴서 내 배를 만졌다.

"어머낫!"

나는 두 팔로 몸을 가리며 장난스러운 비명을 질렀지만, 나래의 표정은 풀릴 줄은 몰랐다.

나래가 평소보다 두, 세 계단은 낮아진 목소리로 말했다.

"근육…… 빠지고 있어."

"드릴 말씀이 없습니다."

요 며칠 바쁘기는 했으니까 말이지.

이런 상황에서도 계속 운동을 하는 나래의 자기 관리 능력은 배워야 한다고 생각한다.

"괜찮아, 그동안 너무 바빴잖아."

그렇게 말한 나래가 자리에서 일어났다. 나 또한 나래를 뒤따르듯 바로 일어섰다.

나래가 일어서 있고 나는 앉아 있으면 얼굴을 보기 힘들고, 시선을 처리하는 건 더욱 힘들거든.

"그래서 생각해 둔 건 있어?"

나래의 뜬금없는 말에 당황할 법도 하지만, 내가 누군가?

이런 일을 한두 번 겪어 본 사람이 아니다.

주로 세희 때문에.

"그것 때문에 너 찾으러 온 거야."

전 세계에서 가장 역사가 깊은 대요괴(對妖怪) 전문가 집단인 곰의 일족.

그 수장의 자리에 있는 나래를 말이다.

"흐응?"

내 대답이 재미있다는 듯, 나래가 입꼬리를 슬쩍 올리고서는 안방을 손가락으로 가리키며 말했다.

"애들은 빼놓고?"

"응."

"그러면 성훈아."

미소가 짙어진 나래가 가까이 다가왔다.

익숙한, 그래서 더 좋아진 나래의 향기가 내 후각을 가득 채웠을 때.

나래는 내 청각조차 탐욕스럽게 차지했다.

그 달콤하고 끈적이는 목소리로 말이야.

"그 말, 조금 어덜트(adult)하게 받아들여도 되는 거지?"

"응애. 나, 아기 청소년."

그리고 난 반 발짝 뒤로 물러나서 엄지를 입에 물었다.

"우쭈쭈쭈~ 우리 아기, 맘마 먹을래요?"

경악한 나는 그대로 굳어 버리고 말았다.

여기서 나래가 오른쪽 가슴을 손으로 들어 올리면서 그런 무시무시한 말을 할 줄은 몰랐으니까요.

"……이건 너무 나갔나?"

나는 맹렬하게 고개를 끄덕였고, 나래는 두 볼을 붉혔다.

"그, 그럼 일단 가자."

수치심에서 벗어나기 위해 나래는 내 손목을 잡아 이끌었고, 그렇게 나는 일단 헬스장 입구에 서게 되었다.

아니, 왜?!

"소희가 여기 있거든."

"소희가?"

아니, 잠깐만.

난 소희에 대한 이야기는 한마디도 안 했는데?

"뭘 그렇게 놀라?"

헬스장의 문고리를 잡은 나래가 고개를 돌려 피식 웃으며 말을 이었다.

"이번 일로 할 이야기가 있는데 나부터 찾았다는 건, 아이들 앞에서 하기는 조금 껄끄러운 이야기라는 거잖아? 그래, 예를 들면."

나래가 손가락으로 나를 가리켰다.

"긴 역사 동안 곰의 일족은 어떻게 요괴들과 싸우고, 이겨왔는가 같은 거."

이럴 때마다 나는 생각보다 멍청한 게 아닐지도 모른다는 생각이 든다. 내 주변 사람들이 너무 똑똑해서 상대적으로 멍청해 보이는 거 아니야?

"그러면 당연히 소희한테도 듣고 싶은 게 있을 테고."

소희는 인간과 요괴의 대립이 심한 세계에서 살다 왔으니까.

"그런데 내가 운동하고 있으면 준비하는 시간이 길어지잖아? 나부터 찾은 이유가 그거 맞지? 나부터 만나서 먼저 씻겨 주고 옷 갈아입힌 다음에 네 방이나 소희 방에서 모이려는 거."

이래서 다른 사람의 말을 경청해서 듣는 습관을 들이라는 것 같다.

"'먼저 씻고 옷 갈아입은 다음에.'야."

"에헷~."

나래가 살짝 혀를 내밀며 자신의 머리에 콩 하고 꿀밤을 때렸다.

귀여워 보이려는 저 모습에 속지 말자.

은근슬쩍 꺼낸 저 무시무시한 말에 의문을 못 느끼고 동의를 했다면, 나래는 나를 곧장 샤워실로 끌고 갔을 거니까.

음.

좋잖아!

그냥 속을걸!

핑곗거리도 충분하고!

나는 왜 그런 바보 같은 짓을!

"……다시 말해 줘?"

하지만 나는 피눈물을 흘리며 고개를 저었다.

지금은 내 정신력과 체력을 보존해야 할 때니까.

"아쉽네."

나래도 나와 같은 생각인지, 아니면 내가 거절할 거라는 걸 이미 알고 있었는지 아쉽다는 말과 달리 시원하게 문을 열었다.

"아, 저기 있다."

소희는 흔히 말하는 천국의 계단이라는 이름의 운동 기구를 이용하고 있었다.

나도 몇 번 써 본 적이 있는데, 말 그대로 무간지옥(無間地獄)이나 다름없었다.

땅으로 내려왔을 때 갓 태어난 아기 사슴처럼 다리가 후들거렸지.

하지만.

소희는 그 위를 달리고 있었다.

손잡이를 잡고서야 겨우겨우 버티기만 했던 나와 달리, 소희는 천국을 향해 바른 자세로 달리고 있던 것이었다.

"와."

소희가 머리카락을 높게 묶은 채, 검은색 돌핀 팬츠에 소매가 없고 배가 훤히 드러나는 흰색 크롭 티를 입고 있다는 것엔 그다지 신경이 쓰이지 않았다.

……아예 눈이 안 갔으면 이런 말도 안 했겠지만.

"혹시 집에 운동할 곳이 있냐고 물어봐서 여기 가르쳐 줬어."

같이 운동을 하게 되면 눈 둘 곳을 모르게 되는, 하지만 나중에는 숫자를 제대로 셀 줄 모르게 되는 나래의 말에 나는 고개를 끄덕이게 되었다.

그렇구나.

소희의 그 군살 없이 매끈한 몸매는 운동으로 다져진 거였어.

……다른 의미로 한 말 아닙니다.

진짜예요.

"엄청 좋아하던데?"

"소희가 살던 곳에는 이런 데가 없었으니까."

운동장이나 훈련장 같은 건 있었고, 아령 같은 것도 있었지만 이 세계의 헬스장과는 확연히 다르지.

"아."

그런데 나와 나래의 목소리가 소희에게 들렸나 보다.

기운 차게 계단을 달리고 있던 소희가 정지 버튼을 누르고서는 아래로 내려왔으니까. 소희는 옆에 걸쳐 놓은 흰색 수건을 목에 두르고 땀을 닦아 내며 내게 가까이 다가오다가.

"……."

한 발짝 뒤로 물러나서는 허리를 숙이며 사과했다.

"죄송해요, 성훈 씨, 나래 님. 찾아오신 것도 모르고 운동에 집중하고 있었네요."

참고로, 문 열고 들어온 지 1분 정도 지났다.

"아니, 미안할 게 뭐가 있어."

나는 그리 말하며 평소보다 묘하게 거리를 벌린 소희에게 다가가려…….

샤삭.

소희가 가볍게 반 발짝 뒤로 물러났다.

"……."

"……."

나는 다시 한번 한 발짝 앞으로 나섰고, 소희는 기겁해서 두 발짝 뒤로 물러났다.

그리고 얼굴을 붉혔다.

"죄, 죄송해요, 성훈 씨. 지금은 가까이 다가오지 말아 주실래요? 그, 냄새나니까요."

강성훈, 나이 17세.

사춘기 딸에게 냄새나니까 가까이 오지 말아 달라는 소리를 들은 아버지의 심정을 간접 체험하다.

"……그, 그래."

비통한 심정을 숨길 수 없어 어깨를 축 늘어뜨리고 반 발짝 뒤로 물러나려고 했을 때.

"정말 오해 하나는 잘해요."

나래가 내 등을 팍 두드렸다.

아니, 등을 확 밀었다.

"우왓?!"

"서, 성훈 씨?!"

중심이 흐트러진 내가 앞으로 엎어지려고 하자, 소희가 깜짝 놀라서 나를 받아 줬다.

덕분에 소희에게 반쯤 안긴 상태가 되었고, 나는 소희의 진한 체향을 느낄 수 있었다.

……아, 냄새난다는 게 내 이야기가 아니라 자기 이야기였구나.

천국을 향해 달리고 있었으니 당연히 땀 정도야 나지.

하지만 남자 놈들이 체육 시간에 마라톤을 하고 곁에 다가왔을 때 느껴지던 구역질 나는 냄새와는 달리 계속해서 맡고 싶을 정도로…….

"저, 저, 저기 성훈 씨? 성훈 씨?"

"어, 응?"

"그, 저기, 너, 너무 그, 숨이, 아니, 숨을 들이마시는 소리가, 그러니까, 그러지 않, 그러지 말아 주셨으면 해요!"

……나도 모르게 킁킁거리고 말았던 것 같다.

아니, 그럴 생각은 없었다! 내가 무슨 냄새 페티시가 있는 것도 아니고!

무엇보다 랑이 덕분에 몸에서 냄새가 난다는, 그게 자기가 느끼기에 좋을지라도, 그런 말이나 행동을 타인에게 보고 들었을 때 느끼는 감정에 대해 전문가가 되어 버린 나는 급히 소희에게 떨어지…… 지 않았다.

"킁킁킁킁."

"꺄아아앗!!"

이번에는 소희가 내 어깨를 확 밀었다.

수치심에 힘 조절을 못 하고 말이야.

"우와앗!"

이번에는 반대로 밀린 나를 받아 준 건 뒤에 서 있던 나래였다.

아아, 이것이 어머니의 품인 것인가.

등 뒤에서 느껴지는 푹신한 쿠션에 나는 천국의 구름 침대에 누운 듯한 기분이 들었다.

"그런 장난은 치지 말아 주세요, 성훈 님!"

"미안."

소희의 날카로운 목소리에 바로 현실로 돌아와야 했지만.

얼마나 얼굴이 붉은지, 아야의 꼬리가 생각날 정도다.

"나래 님도요."

그러면서도 할 말은 다 한다는 게 소희답다고 해야겠지.

"너, 이 정도 가지고 화내면 앞으로 어떻게 버티려고 그래?"

하지만 나래는 가볍게 소희의 말을 받아치면서 나를 놓아주었다.

"성훈이가 얼마나 장난을 좋아하는데."

소희가 두 팔로 자기 몸을 감싸안으며 세 걸음 뒤로 물러나 두려움에 질린 눈으로 나를 올려다보았다.

"오해다."

다른 사람이 진심으로 싫어하는 장난 혹은 싫어할 것 같은 장난은 안 치니까.

방금 그건 내 나름의 애정 표현이나 친밀감의 표현 같은 거다.

……왜 나는 지금 부부는 닮는다는 말이 떠오른 걸까.

나는 갑자기 떠오른 랑이를 마음 한가운데에 소중히 간직하고서 소희에게 말했다.

"그보다 혹시 시간 괜찮아? 셋이서 하고 싶은 게 있는데."

나와 달리 마음속에 꿍하니 얹혀 있는 것이 있어 보이는 소희는 내게 보란 듯이 크게 한숨을 내쉬고서는 말했다.

"셋이서, 인가요?"

"응?"

나는 시간을 달라는 뜻으로 일부러 고개를 갸웃거리며 잠시 생각을 해 봤지만, 별 의미가 없었다.

"응."

소희의 말뜻에 담긴 의도를 모르겠으니까.

"알겠어요. 그러면 휴게실에서 잠시 기다려 주세요, 성훈 씨. 간단하게 씻고 올 테니까요."

"괜찮으니까 천천히 씻고 나와."

내 말에 소희는 짓궂은 미소를 지었다.

마치, 조금 전 내 장난을 잊은 것처럼.

"그랬다가는 한 시간도 부족할걸요?"

* * *

소희가 왜 셋이라는 말에 의문을 가졌는지 알게 된 건 휴게실에 들어가서였다.

“……넌 여기서 뭐 하냐?”

위이이이이잉, 드덜덜덜덜덜, 위이이이이잉.

“보오면 모오르시느은 거업니까아.”

휴게실엔 안마 의자의 진동을 온몸으로 즐기고 있는 세희가 있었으니까.

그래서 세 명이 맞는지 물어본 거구나.

세희가 여기 있으니까.

이 녀석한테는 꽤 불편한 이야기가 될 수 있으니까 일부러 부르지 않았던 건데.

“쓰을모오 어없느은 배려어이입니다아.”

아, 그래.

나는 갑자기 지끈거리는 이마를 짚으며 세희에게 말했다.

“아니, 그건 됐고. 네가 무슨 안마 의자야? 근육 뭉칠 일이 어디 있다고.”

내가 그 말을 하자마자 안마 의자의 진동이 멈췄다.

세희는 앉은 채로 서 있는 사람을 내려다본다는 놀라운 신기를 보이며 내게 말했다.

“그건 무슨 의미입니까.”

“어?”

순간 당황한 나는 질문의 의도를 파악하지 못하고 생각나는 대로 말했다.

“네가 어깨가 뭉치거나 근육이 아프다거나 하는 게 상상이 안 돼서. 워낙 평소에 그 뭐라고 하더라, 아, 철두철미하잖아?"

만약 근육통이 생겨도 요술로 뿅~! 하면 바로 나을 것 같고, 누군가와 격전을 벌인다 해도 손가락 한 번 튕기는 걸로 평소 모습으로 돌아갈 것 같은 녀석.

그게 내가 아는 세희니까.

"그렇습니까?"

내 대답이 마음에 들었는지 세희가 나를 올려다보았다.

"다른 의도는 없으셨다는 걸 알았으니 용서해 드리겠습니다."

"다른 의도……."

아.

나는 나도 모르게 나래의 얼굴을 보았다가 아래로 시선을 내린 뒤, 세희의 얼굴을 보고……

그대로 전기의자 위에 묶여 버렸다.

"마지막으로 남길 말은?"

"나는 무죄다!! 아임 낫 길티인 것이여!"

"……잘들 놀아요, 진짜."

살짝 날이 선 나래의 목소리에 내가 앉은 의자가 푹신한 소파로 변했다.

"하루이틀 일도 아니지 않습니까."

"지금 그럴 때가 아니잖아."

"평소보다 까칠한 반응이시군요. 설마 저와 주인님의 관계를 질투하시는 겁니까?"

난데없는 세희의 말에 나래가 헛웃음을 터트렸다.

"질투? 내가? 너를? 웃겨, 진짜."

"그렇습니까? 제 미약한 말재주가 나래 님께 즐거움을 드렸다니 기쁘기 한량없군요."

나래는 어찌나 즐거운지, 이 화제가 계속되었다가는 자신이 정성 들여 만든 헬스장을 폐허로 만들 것 같았다.

나는 슬쩍 소파에서 나래에게 이리 오라는 뜻으로 손짓을 했다.

쿠어어엉!

자신의 영역을 침범당한 성난 곰이 울부짖는 환영이 잠깐 보였지만, 나래는 별말 없이 내 앞에 다가왔다.

"왜?"

"질투했어?"

나래가 다시 한번 헛웃음을 터트렸다.

"너까지 그러기야?"

물론 나는 나래가 이런 일 가지고 세희를 질투할 리가 없다는 걸 알고 있다. 그런 성격이었으면 이미 예전에 집안이 풍비박산이 났을 테니까.

한번 난 것 같지만, 기분 탓이다.

그때 박살 난 건 나니까.

그래서 나는 같은 일이 반복되는 걸 막기 위해서 나래의 손을 잡아끌었다.

"꺅?"

내가 이럴 줄은 몰랐는지, 나래가 짧고 귀여운 비명을 지르면서 내 품에 쏙 안겼다.

나와 나래의 키가 비슷해서 옆으로 걸터앉은 거였지만, 안긴 건 안긴 거지.

나는 나래의 등 뒤에 팔을 둘러 토닥토닥해 주며 말했다.

"착하지, 착하지, 우리 나래."

"가, 갑자기 뭐 하는 거야?"

나는 가슴팍에서 느껴지는 중량감에 압도되지 않도록 노력하며 말했다.

"기회를 틈타서 사리사욕 채우기?"

"……."

어이없어하는 나래의 감정이 몸을 통해 전해졌다.

"왜, 포옹에는 마음을 진정시키는 효과가 있다고도 하잖아."

계속 등을 토닥토닥하고 있자니, 무언가를 포기한 나래가 내 어깨에 턱을 올리고서는 깊은 한숨을 쉬었다.

"틀린 말은 아니네."

"진정됐어?"

"애초에 화도 안 났거든? 이번엔 네가 너무 과민 반응을 한 거야."

"이래서 블랙박스가 필수라는 말이 있는 것 같습니다."

세희의 말에 힘이 들어간 나래의 몸이 강철같이 변했지만, 내가 뒷머리를 살살 쓰다듬어 주니 다시 솜사탕처럼 부드러워졌다.

나는 나래가 진정한 걸 확인하고 세희에게 말했다.

"넌 갑자기 뜬금없는 말 한마디씩 하는 습관 좀 고치고."

"지금은 단순히 뜬구름 잡는 이야기처럼 들리시겠지만……."

"시간이 지나면 왜 그랬는지 알게 될 거라고?"

사실상 세희의 말을 자른 거지만, 도대체 무슨 생각을 하고 있는 건지 알 수 없는 녀석은 만족스러운 미소를 짓고는 과장되게 허리를 숙여 내게 예를 표했다.

"……다들 뭐 하시는 거죠?"

그런 가운데 어리둥절한 기색의 소희가 휴게실 안으로 들어왔다.

세희는 내게 허리를 깊게 숙이고, 나래는 품에 안겨 있고, 나는 나래의 머리를 쓰다듬고 있으니 천재 중의 천재인 소희도 이게 대체 무슨 상황인지 이해가 안 되는 거겠지.

"제 생각에는 세희 님의 농담에 나래 님이 화를 내고, 성훈 씨가 상황을 수습한 걸 보고 세희 님이 장난을 치고 계신 것 같은데, 제 예상이 맞나요?"

아니었군.

"정답입니다, 소희 님."

"……이런 말씀을 드리는 게 실례라는 건 알지만, 지금 그렇게 여유로운 상황은 아니지 않나요?"

소희는 그냥 이 상황 자체가 어이없어서 그런 것 같다.

"그러게?"

나는 가볍게 대답하며 나래의 어깨를 잡아서 살짝 밀었다. 그리고 나래는 내 목에 팔을 두르고 더 달라붙었다.

"'"……."'"

내리꽂히는 세희와 소희의 시선이 꽤나 아프다.

야, 이건 내 잘못 아니잖아?

원인 제공자는 나지만.

그보다 소희는 여전히 크롭티와 돌핀 팬츠 차림이었다. 소희 성격에 옷을 갈아입지 않은 건 아닌 것 같고, 아사달의 선물이 변한 거겠지.

"언제까지 그렇게 계실 거죠? 아니면, 나중에 저, 저한테도 똑같이 해 주실 생각이신가요?"

왜 이야기가 그렇게 되냐?

"세 분 다 사리사욕은 나중에 챙기시기 바랍니다."

나는 왜 거기 들어가는 거고?

"여기에 모이신 건 중요한 이야기를 나눠야 하기 때문 아닙니까? 안방에 계신 안주인님과 다른 분들, 그리고 떨거지의 유희가 끝나기 전에 대화를 마쳐야 하니 슬슬 자리에 앉아 주셨으면 합니다."

하고 싶은 말은 산더미 같았지만, 여기에 딴죽을 걸었다가는 다시금 화제가 산으로 갈 게 뻔하기에 참았다.

그 대신 나는 이제 그만 내 위에서 내려와 달란 뜻으로 나래의 등을 툭툭 가볍게 두 번 두드렸다.

"정말, 남 좋은 꼴 못 본다니까."

나래는 그렇게 불만을 말하면서도 내게 떨어져 옆자리에 앉았다.

내가 나와 달라고 했지만, 나래의 체온과 충만감이 사라지니 허전한 기분이 없을 수는 없다.

"이거로 대신하시지요."

그런 내게 세희가 소매에서 무언가를 꺼내 휙 던졌다.

일단 받아 놓고 뭔가 했더니, 치이의 모습을 본떠 만든 인형이었다. 꽤나 귀엽네. 눈과 입이 〉◇〈 같은 식으로 표현되어 더더욱.

나는 인형을 품에 안고서 말했다.

"그럼, 일단 다들 자리에 앉아 줘."

나와 나래, 세희와 소희는 직사각형의 테이블을 사이에 두고 네 방향으로 나눠 앉았다.

모두 내가 말을 꺼내기를 기다렸고, 나는 그 시선에 부담감을 조금은 느끼며 입을 열었다.

"너희들한테 궁금한 게 있어."

"제 의견이 성훈 씨에게 도움이 될까요?"

응?

내가 뭘 물어볼지 어떻게 알고?

아니, 아니지.

조금 전에도 도대체 무슨 일이 있었는지 짐작도 못 할 상황을 한순간에 파악한 소희다. 예상하고 있을 수 있어.

나는 계속 말해 보라는 뜻으로 소희를 보며 고개를 끄덕였다.

소희가 말했다.

"제 고향에서, 대요괴는 인간이 감히 대항할 수 있는 존재가 아니에요."

소희의 세계에 홀몸으로 떨어진 내가 음식점에서 일하면서 알게 된 사실 중 하나였지.

"저희는 대요괴를 이성을 가진 자연재해로 취급했어요. 그래서 저희는 절대로 대요괴의 영역에 침입하지 않았죠. 미치지 않고서야 화산 분화구에 맨몸으로 뛰어드는 사람은 없잖아요?"

어째서인지 세희가 나를 보았지만, 나는 무시하고 고개를 끄덕였다.

"하지만 인간이 아무리 주의를 한다 해도, 대요괴가 자신의 영역을 벗어날 경우…… 아뇨, 잘못 말했네요. 대요괴가 자신의 영역을 넓힐 경우라고 하는 게 올바를 테니까요. 대요괴는 자신이 발을 딛는 곳이 영역으로 변하는 존재들이니까요."

충격.

지리산에 아야와 바둑이의 지분도 있는 것으로 밝혀져!

"그렇게 넓혀진 대요괴의 영역에 인간이 자기도 모르게 들어가서 그들의 관심을 끌었을 경우, 인간들은 범인류적인 이해관계로 세운 규칙을…… 실례했어요, 모든 사람들이 약속한 것을 지켜야 했어요."

소희가 숨을 들이마시자 세희가 말을 가로챘다.

"절대로 그분들을 화나게 만들어서는 안 돼."

"……."

소희가 휙! 고개를 돌려 세희를 노려보았다.

중요한 부분을 빼앗겨서 화가 난 것 같은데, 세희가 한 말이 인터넷 밈이라는 걸 알면 더 화내겠지.

이럴 때는 웅변은 은이고 침묵은 금이라는 명언을 따르기로 하자.

세희는 그냥 시치미를 떼고 있는 거지만.

결국 소희는 눈치 주는 걸 포기하고 입을 열었다.

"인간들은 그저 대요괴의 기분이 좋기만을 바랄 수밖에 없었죠."

소희의 말에 나는 아사달이 떠올랐다.

영성에 대한 이야기를 나누던 때, 아사달은 자신이 어떤 대요괴와 마주친 적이 있다고 말했다.

정확히 말하면, 냥이를 만났다고 했지.

그때 아사달은 죽음을 각오했었다고 말했다.

그게 이런 이유였구나.

만에 하나라도 냥이의, 아니, 대요괴의 심기를 거스를 경우, 자신이 책임질 수 없는 참사가 일어날 수도 있으니까.

"그런 이유로."

소희가 긴 이야기를 마치겠다는 듯, 부채를 꺼내 천천히 자신의 한쪽 눈을 가리며 말했다.

"저는 성훈 씨에게 큰 도움이 되지 못할 거예요."

소희의 어깨는 눈에 띄게 움츠러들어 있었다.

그래서 나는 말했다.

"아니, 난 너한테 언령에 대해 물어볼 생각이었는데?"

소희가 눈에 띄게 당황했다.

"……예?"

"그, 이쪽 세계가 네 고향과 비교하면 좀 평화롭긴 해도……."

나는 나래와 세희를 번갈아 바라본 뒤 말을 이었다.

"옛날부터 그랬던 건 아니거든."

다시 말하면.

소희는 또다시 오해를 했다는 말이 된다.

그것도 그쪽 방면의 전문가들 앞에서.

"아."

그 사실을 깨달은 소희의 얼굴이 새빨갛게 달아올랐다.

나와 눈을 마주치는 것 자체가 힘들다는 듯 고개를 숙인 건 덤이다.

그렇게 잠시 소희가 부끄러워하는 모습을 감상하며 마음의 양식(糧食)을 듬뿍 쌓고 있자니.

"……잊어 주세요."

소희가 모기만 한 목소리로 말했다.

"응?"

그리고 나는 못 들은 척 귀에 손을 가져다 대며 물었다.

"뭐라고?"

내 의도를 눈치챈 소희가 이제는 사람인지 용암인지 구분이 안 될 정도로 두 볼을 붉히고서는 말했다.

"잊어 주세요! 지금! 당장! 아시겠죠?!"

내 귀에는 지금 당장 잊지 않으면 단기 기억 상실증에 걸리게 만들지도 모른다는 경고로 들리는군.

그래서 잊으려고 했는데.

"주인님, 소희 님께서 아직 미숙하여, 연모하는 분 앞에서는 정서적인 안정을 찾기 힘들어 평소의 재능을 십분 발휘하지 못하는 점을 배려해 주시기 바랍니다."

세희가 가볍게 잽을 날렸다.

그런데 하필 맞은 곳이 명치였는지, 소희는 아무 말도 못하고 손에 쥔 부채만을 부들부들 움켜쥘 뿐이었다.

정신을 차리면 세희와 한바탕 말싸움을 할 것 같은 분위기라서, 나는 급히 화제를 돌렸다.

"어, 그런데 나래야."

"응?"

"혹시 웅녀의 뼈 몽둥이, 나중에 빌려줄 수 있어?"

원시 시대에도 인간은 맨몸으로 맹수 앞에 서지 않았다. 막대기라든가, 그것도 없으면 짱돌이라도 들었지.

그런 의미에서 나는 웅녀의 뼈 몽둥이가 가장 좋겠다는 생각이 들었다.

천검은 너무 위험하니까 웬만하면 쓰기 싫다. 그런 의미로 웅녀의 뼈 몽둥이는 딱이지. 예전에 써 본 적도 있으니까.

"별문제는 없는데……."

그런데 나래의 반응이 조금 이상하다?

"왜?"

나래는 이걸 말해도 되나 고민하다가, 진지한 표정을 짓고 무거운 목소리로 말했다.

"성훈이가 나한테 애교 한번 부려 줘야 빌려줄 수 있을 것 같아."

"……."

"……농담 아닌데?"

"…………."

"안 돼?"

입을 다문 채 팔짱을 끼고 근엄하게 있자니, 결국 나래가 몸을 배배 꼬며 앙탈을 부렸다.

언제 곰의 일족에서 여우 일족으로 본적을 옮겼는지 모르겠군.

"그건 그렇고."

"무시했어?!"

나는 경악하는 나래를 모른 척하고 말을 꺼냈다.

17살 남자가 애교 떠는 모습을 보고 싶은 사람은 없잖아?

"혹시 곰의 일족이 대요괴를 상대로 진심으로 싸운 적이 있어?"

가볍게 여길 수 없는 질문이라서 그럴까.

조금 전만 해도 느슨하게 풀어져 있던 휴게실의 분위기가 팽팽해졌다.

나래 역시 자세를 바로 하고는 내게 말했다.

"있어."

"몇 번 정도?"

"……내가 알기론 두 번."

그렇게 말한 나래는 시선을 돌려서.

"뭡니까?"

세희를 보았다.

"그중 한 번이 세희였고."

"잠깐."

나는 손을 들고 말했다.

"세희는 요괴가 아니라 귀신이잖아."

""""……""""

곰의 일족과 귀신과 이세계인의 시선에 나는 머쓱해져서 볼을 긁었다.

"아니, 그, 뭐랄까, 좀 다르지 않나 해서."

"맞아, 평범한 요괴와 귀신은 다른 부분이 꽤 많으니까."

요괴와 귀신 앞에 '평범한'이라는 단어가 붙는 데 위화감을 느끼지 못하는 시점에서 내 인생도 범상치 않아졌다는 실감이 들었다.

"하지만 세희 정도면 그런 구분을 하는 것 자체가 의미가 없어."

냉정을 되찾은 소희가 나래의 말에 동의했다.

"제 생각도 그래요. 세희 님을 정말 귀신으로 봐야 하는지는 차치하고, 실례했어요, 문제 삼지 않고 지닌 힘만을 본다면 백귀(百鬼) 이상. 대요괴와 다를 게 없는 분이시니까요."

내가 고개를 돌리자 세희가 어깨를 쭉 펴고 턱도 들어 올리고서 시선을 아래로 내리깔며 말했다.

"아시겠습니까, 호랑이님의 창귀 강세희를?"

"응, 그래 봤자 랑이 부하. 수고."

세희의 인상이 험악해졌다.

"……요즘 들어 주인님에 대한 재교육의 필요성을 종종 느끼곤 합니다."

"참아. 네가 날 이렇게 만들었으니까."

아니면 폐이나 에이의 영향을 받았거나.

"농담은 여기까지 하고."

나는 가볍게 고개를 흔들고서 화제를 되돌렸다.

"그래서 결과는 어떻게 됐어?"

"다 죽었어."

"다 죽였습니다."

"다 죽었겠죠."

"……."

세 명의 대답에 나는 할 말을 잃었다.

"……다 죽었다고?"

나래가 고개를 끄덕였다.

"워낙 옛날 일이라 자세한 사정은 전해져 오지 않지만, 곰의 일족이 먼저 세희를 기습했다고 해. 그 결과 이렇다 할 성과도 올리지 못한 채 전멸했고, 그 후로 이쪽에서 랑이와 세희에게 먼저 접근하는 일은 없었어."

웅녀 님의 지시가 있을 때만 빼고.

나래는 그렇게 말을 덧붙였다.

나는 자세한 사정을 기억하고 있을 세희에게 고개를 돌렸다.

"아마 제가 안주인님의 창귀가 된 지 20년도 안 되었을 때의 이야기일 겁니다. 인간의 시대가 열린 후에 태어나 진정한 요괴가 무엇인지도 모르는 어린것들이 이 땅에 남아 있던 잔챙이 요괴들을 사냥하던 시대였지요."

계속되는 성공에 그녀들의 마음속에는 자만심이 생겼고.

"주제 파악도 못 하고 안주인님의 침소를 어지럽힐 생각으로 찾아왔습니다. 그때는 저도 아직 미숙한 시절이라 힘 조절을 할 여유가 없었고……."

그 결과 두 번째 세대의 곰의 일족은 역사 속으로 사라져야만 했다.

다음 세대에게 피로 새긴 교훈을 남기고.

"그건."

소희가 말했다.

"시시비비, 아니, 옳고 그름을 판단할 것도 없는 정당방위였네요. 성훈 씨도 그렇게 생각하시죠?"

내게 동의를 구하는 목소리에는 눈치채기 힘든 우려가 담겨 있었다.

나는 그 이유가 뭔지 잠깐 생각해 보고는 대답했다.

"응."

아마도 내가 세희에게 실망하거나 심리적인 거리감을 가지게 되지 않을까 걱정한 것 같다.

그럴 일은 없지만.

5천 년 전.

내가 역사에 대해서는 잘 모르지만, 지금과 비교하면 삶이 투쟁인 시절이었을 거다.

부족과 부족 간의 다툼이 일상이고, 승자가 모든 것을 독식하는 강자만이 살아남을 수 있었던 시대.

그런 시대에 살아남기 위해 자신을 공격한 자들을 배제한 게 무슨 잘못일까.

"그렇게 말씀해 주시니 마음이 조금은 편해지는군요."

하지만 지금은 말하고 싶었다.

"……불편하긴 했고?"

보란 듯이 표정을 굳힌 세희가 말했다.

"앞으로는 주인님이 생각하는 제가 되도록 살인성인(殺人成仁)의 정신으로 노력하겠습니다."

"농담이다."

하루하루가 괴로움의 연속일 테니까.

"그러면 나머지 한 번은?"

"그때도 결과는 똑같았어."

몰살.

나래의 대답에 나는 인상을 찌푸릴 수밖에 없었다.

"결국 퇴치하긴 했지만, 희생이 너무 컸다고 해. 요괴가 본 모습을 드러내는 걸 막는 것만으로도 반수가 희생됐으니까."

그래도 어찌어찌 퇴치는 할 수 있었다고 한다.

나머지 반의 목숨을 통해.

"그건…… 정말 놀랍네요."

나래의 말에 소희가 순수하게 감탄했다.

"요괴들이 왜 곰의 일족을 두려워하는지, 그 이유를 이제야 알겠어요."

그리고 나는 소희의 말에 한 가지 사실을 알 수 있었다.

내가 알리사르라에게 승리하면, 요괴들의 존중을 받을 거란 사실을.

왜, 그런 말이 있잖아.

존중이란 두려움에서 나온다.

"하지만 성훈이한테는 별 도움이 안 됐을 거야. 그렇지?"

나는 나래의 말에 고개를 저었다.

"아니, 도움이 됐어."

동기 부여 측면에서 말이야.

거기다 대요괴를 상대할 때는 실체로 변하는 걸 최우선으로 막아야 한다는 사실도 다시 한번 확인하게 되었다.

나는 세희에게 물었다.

"세희야."

"불가능합니다."

난 이름만 불렀을 뿐이다.

"……뭐가?"

세희가 말했다.

"의지가 박약하여 천부인의 힘도 제대로 이끌어 내지 못하는 주인님께서 언령으로 세상에 간섭하는 요술을 대신할 수 있을지도 모른다는 발상을 하신 것 자체가 세계에 대한 모독이라 볼 수 있습니다. 그 정도로 오만한 말은 내가 하늘 위에 서겠다, 내가 정점이다, 정도밖에 없을 정도입니다."

그렇군.

나는 사실 인간이 아니라 인간이라 착각하고 있던 물벼룩이었다. 그러니 세희의 말을 듣고도 화가 나지 않지.

한 가지 이상한 건, 평소라면 나를 위해 세희에게 한 소리 했을 소희가 무언가 기대에 찬 눈으로 이쪽을 바라보고 있다는 거다.

그 이유가 뭔지…….

아, 그렇구나.

"뭐, 틀린 말은 아니네."

하지만 나는 소희의 기대를 배신했다.

소희의 어깨가 축 늘어진다 해도 어쩔 수 없었다.

세희가 말한 건 내가 궁금했던 것에 대한 답이었으니까.

안 되는구나…….

"애초에."

실망에 찬 내게 세희가 말했다.

"과거에 있었던 그 일은, 안주인님의 터전에서 냥이 님과 제가 힘을 합치고서야 펼칠 수 있었던 대요술입니다. 그런데 그걸 주인님 혼자만의 힘으로 재현하실 수 있으시다면, 알리사르라처럼 허약한 대요괴 정도야 한 손으로 상대하실 수 있을 겁니다."

"아니, 그래도 천부인을 쓰면……."

"주인님께선 천경이나 천령의 힘을 온전히 이끌어 내실 수 있으십니까?"

할 말이 없군.

"세희 님, 지금……."

"소희 님."

세희와 소희가 서로를 마주 본 뒤.

소희가 고개를 끄덕이고 입을 다물었다.

……세희와 소희도 나와 나래처럼 눈빛만으로 통하는 게 있구나.

그래서 나는 나래를 보았다.

"조금 관점을 다르게 생각해 보면 어떨까, 성훈아."

다르게?

나는 묻고 싶은 것이 있어서 이 자리에 왔다.

그렇다면.

"너희들이 생각하는, 내가 이길 수 있는 방법을 알려 줘."

그 반대를 물어봐야겠지.

그렇게 나는 해가 질 때까지 두뇌를 풀가동해야만 했다.

끝마치는 이야기

그리고 3일 후.

"요괴의 왕."

알리사르라가 나를 찾아왔다.

"준비는 되었는감?"

글쓴이의 끼적끼적

안녕하세요, 2025년 3월 21일 오전 1시 11분에 작가 후기를 적고 있는 카넬입니다.

나는 어째서 후기를 적어 놓지 않았는가.

어쨌든.

독자님들께서는 잘 지내고 계신가요.

저는 '이제 곧 4월이잖아~.'라는 생각에 옷을 얇게 입고 나갔다가 한반도의 4계절의 4는 죽을 사(死) 자를 쓴다는 것을 깨닫고 말았습니다.

꽃샘추위 무섭네요.

이제 곧 여름이 되겠지만.

그건 그렇고, 요즘 살을 빼려고 노력하고 있습니다.
사람이 나이가 들면 -중략- 그러다 보니 예전과 비슷하게 먹고, 생활해도 살이 찌더군요.
절대 술을 자주 마셔서 그런 건 아니라 생각하고 싶습니다.
그래서 헬스장에서 PT를 받으며 식단 조절을 하며 살을 빼고 싶었지만 그럴 여건이 되지 않아서, 간단히 먹는 걸 줄이고 두 시간 정도 산책 정도만 하고 있습니다.
술도 줄였고 말이죠.

살아야 한다.
살아서 하고 싶은 게 너무나 많다.

그중 하나는 상용화된 메이드 로봇을 두 대 구매하여 멀티와 세리카라 이름 붙이는 것.
그리고 나호의 종이책 완결이 나오는 것.
또, 인터넷 연재 때는 하지 못했던 이야기들을 어떻게든 푸는 것입니다.

뭔가 같은 선상에 올려 두면 안 될 것 같지만, 저는 진심으로 메이드 로봇의 상용화가 가능할 거라 믿고 있습니다.
AI가 이렇게 갑자기 발전할 줄 몰랐잖아요?

언젠가 모든 것을 AI에게 맡기고, 응애, 맘마 줘 같은 말을 해 보고 싶네요.

그럼 평소와 같이 주절거리는 건 이정도로 하고.

이렇게 끼적이고 있는 제 이야기를 들어 주시고, 읽어 주시고 있다고 해야 할까요?

어쨌든 받아 주시고 계신 독자님들께, 정말 감사하다는 말씀을 드리고 싶습니다.

오래 되었죠, 우리 인연.

10년이면 강산이 변한다는데, 강산이 변하고도 3년이네요.

……4년인가?

어쨌든.

그 긴 시간 동안 아이들과 함께해 주셔서, 아이들을 사랑해 주셔서 정말 고맙습니다.

그리고 가능하시다면, 아이들이 그 어느 때보다 행복해지는 순간까지 같이 해 주시기를 바랍니다.

그럼 다시 만날 그날까지.

혹은 다시 만나지 못하더라도 독자님들의 앞날에 행복과 사랑, 그리고 건강과 기쁨이 함께하기를 기원하겠습니다.

◆본 작품의 의견, 감상을 기다리고 있습니다◆

보내실 곳 _

서울시 구로구 디지털로32길 30 코오롱디지털타워빌란트 1301-1308호
우편번호 08390
(주) 디앤씨미디어 시드노벨 편집부

카넬 작가님 앞
영인 작가님 앞

카넬 시드노벨 저작 리스트

『나와 호랑이님』 26
『나와 호랑이님』 25
『나와 호랑이님』 24
『나와 호랑이님』 23
『나와 호랑이님』 22.5
『나와 호랑이님』 22
『나와 호랑이님』 21
『나와 호랑이님』 20
『나와 호랑이님』 19
『나와 호랑이님』 18
『나와 호랑이님』 17.5
『나와 호랑이님』 17
『나와 호랑이님』 16
『나와 호랑이님』 15
『나와 호랑이님』 앤솔로지 2
『나와 호랑이님』 14.5
『나와 호랑이님』 14
『나와 호랑이님』 13
『나와 호랑이님』 12
『나와 호랑이님』 11
『나와 호랑이님』 10
『나와 호랑이님』 앤솔로지
『나와 호랑이님』 9
『나와 호랑이님』 8.5
『나와 호랑이님』 8
『나와 호랑이님』 7
『나와 호랑이님』 6
『나와 호랑이님』 5.5
『나와 호랑이님』 5
『나와 호랑이님』 4
『나와 호랑이님』 3.5
『나와 호랑이님』 3
『나와 호랑이님』 2
『나와 호랑이님』
『나와 비행소녀』

나와 호랑이님 26

초판 1쇄 발행 2025년 12월 10일

지은이_ 카넬
발행인_ 최원영
편집장_ 이호준
편집디자인_ 박민솔
영업_ 김민원 조은걸

펴낸곳_ (주) 디앤씨미디어
등록_ 2002년 4월 25일 제 20-260호
주소_ 서울시 구로구 디지털로32길 30 코오롱디지털타워빌란트 1301-1308호
전화_ 02-333-2513(대표)
팩시밀리_ 02-333-2514
E-mail_ seed_dnc@dncmedia.co.kr

값 8,500원

©카넬, 2025

ISBN 979-11-6145-716-1 04810
ISBN 979-11-956396-9-4 (세트)

* 저자와 협의하여 인지는 붙이지 않습니다.
* 이 책은 (주) 디앤씨미디어(시드노벨)가 저작권자와의 계약에 따라 발행한 것으로 본사와 저자의 허락없이는 어떠한 형태나 수단으로도 내용을 이용할 수 없습니다.

월영신 지음
REUM 일러스트

천하제일 이인자 11

우여곡절 끝에 다시 기억을 되찾은 진백천.

"흑사련, 정말 잘 만났다니까."

평생을 저주받은 운명의 굴레 속에 살게 한 그 이름.
언제나 너희들은 나의 곁에 있었지.

생각해 보니 그동안 너무 신세만 졌네.
이제는 조금 돌려줘 볼까?

다시는 내 가족들을,
설영이를 건들지 못하게……

"제대로 박살 내 주마."